Stéphane Carlier

Stéphane Carlier grandit en région parisienne dans les années 1970. Après une hypokhâgne et des études d'histoire à la Sorbonne, il est pigiste à *FranceSoir*, au *Figaro* et à l'*Express*. En 1996, il intègre le ministère des Affaires étrangères qui l'affecte aux États-Unis, où il reste dix ans (New York, Los Angeles, Palm Springs) puis en Inde, à New Delhi. À son retour, il passe deux ans à Lisbonne avant de s'installer en Bourgogne, où il réside aujourd'hui.

Il est l'auteur de plusieurs romans parus aux éditions du cherche midi – *Actrice* (2005), *Grand Amour* (2011), *Les Gens sont les gens* (2013), *Les Perles noires de Jackie O.* (2016), *Amuse-bouche* (2017) et *L'Enterrement de Serge* (2021) – ainsi que d'une novella, *Le Chien de Madame Halberstadt*, parue au Tripode en 2019. Son nouveau roman, *Clara lit Proust*, a paru aux éditions Gallimard en 2022.

L'ENTERREMENT DE SERGE

STÉPHANE CARLIER

L'ENTERREMENT DE SERGE

Édition revue et corrigée par l'auteur

le cherche midi

ISBN : 978-2-266-32888-3
Dépôt légal : octobre 2023

À Jean-Pierre Bacri

« Ainsi, les derniers seront les premiers… »

Matthieu, 20:16

« Lorsqu'une brise légère effleurera ta joue,
sache que ce sera mon souffle.
Et le courant d'air frais qui te caressera la tempe,
ce sera mon esprit te frôlant au passage. »

Sullivan Ballou, Lettre à Sarah Ballou
(14 juillet 1861)

« La tendresse,
la tendresse,
la tendresse,
la tendresse. »

Daniel Guichard, *La Tendresse*

Gilberte Blondeau, sa mère ;
Brigitte Couchoux, sa sœur ;
Bernard Couchoux, son beau-frère ;
Arlette Zanella, sa compagne,

ont la tristesse de vous faire part du décès de

M. Serge BLONDEAU

dans sa soixante-quatrième année.

Ses obsèques auront lieu le 1er juillet,
à treize heures,
en l'église Sainte-Clotilde du Creusot,
suivies de l'inhumation au cimetière de Tusy.

L'homme assis à la table de pique-nique

À un moment, il s'est dit qu'il aimerait être avec eux, faire partie de leur famille, que ce serait mieux qu'être seul même s'il ne l'était pas complètement puisqu'il avait son chien.

Il était assis à une table en béton sur une aire d'autoroute, le nez dans son téléphone, le chien en laisse à ses pieds, quand ils sont arrivés dans leur voiture familiale. Les adultes sont sortis en premier. La femme a étiré ses bras et a fait quelques pas dans l'herbe. L'homme a essuyé une saleté sur son pare-brise avant de la rejoindre. La fille est descendue. Une ado assez belle, rousse. Elle lui a fait penser à Isabelle Huppert dans *Les Valseuses*, même si les adultes qui l'accompagnaient avaient plus de classe et certainement plus d'argent que ceux du film. Aucun d'eux n'avait sa couleur de cheveux mais ses traits empruntaient autant à la femme qu'à l'homme : on avait affaire à un couple et leur fille, une vraie petite famille.

La gosse s'est rendue dans la boutique sans un mot ni même un regard pour eux. Il a pensé qu'il y avait un problème puis il s'est souvenu que les jeunes sont comme ça, ils font souvent la gueule sans raison précise.

Les parents se sont alors mis à parler. Ce n'était pas lié au départ de leur fille, ils donnaient plutôt l'impression de reprendre une conversation commencée dans la voiture et interrompue par leur arrivée sur l'aire d'autoroute.

— Ça ne peut être que ça, a dit le mari. Elle nous donne la rue Guynemer et va s'installer à Houlgate. Elle a toujours dit qu'elle finirait sa vie en Normandie.

La femme se tenait cambrée, les mains sur les hanches pour étirer son dos. L'autre a continué :

— Réfléchis, Brigitte. Elle ne peut pas vendre la rue Guynemer puisqu'elle a toujours dit que ça nous reviendrait. Et c'est quelqu'un qui tient parole, ta mère. Quant à se séparer d'Houlgate, ça n'aurait pas de sens puisqu'elle prévoit de s'y installer. Non, elle nous donne la rue Guynemer dès maintenant pour éviter que les impôts nous tombent dessus, et elle part à Houlgate. Tu verras, c'est ça qu'elle va nous dire.

— Non, tu as raison, a répondu sa femme.

L'homme assis derrière eux a pensé que c'était drôle, cette manière qu'on a de commencer par *Non* certaines phrases qui ne contiennent pas de négation. Et, d'un coup, il a compris. Ils étaient habillés strict et sombre (elle portait une robe courte et une veste en lin noires, lui un costume gris foncé), leur voiture était immatriculée dans le 95 : ils avaient quitté le Val-d'Oise pour se rendre à un enterrement en province. Un enterrement où la mère de Brigitte s'apprêtait à faire une annonce qu'ils supposaient être la donation d'un appartement ou d'une maison située dans une rue Guynemer.

Rassuré, le mari s'est levé.

— Je vais acheter de l'eau, je te prends un truc ?

Brigitte a fait non de la tête et il est parti en direction de la boutique. Il n'avait pas fait la moitié du chemin qu'elle a attrapé son téléphone et lancé un appel. En attendant qu'on lui réponde, elle a vérifié qu'elle était seule en tournant la tête à gauche et à droite – pas suffisamment pour remarquer l'homme assis à la table de pique-nique – puis elle s'est mise à chuchoter, la voix changée, comme enfiévrée :

— Oui, c'est moi… Non, pas encore, on s'est arrêtés sur la route… Oui, je sais mais j'ai tellement envie de toi, tu peux pas savoir. Ton corps, ton corps qui remue sur le mien, ça me rend dingue… Non, il est parti acheter un truc… Oh, une robe noire avec une petite veste d'été, tu la connais pas… Oh, non, je peux pas. Je peux vraiment pas…

La personne qui lui faisait tant d'effet a apparemment raconté quelque chose puisqu'elle s'est lancée dans une série de *Mmm* tout en gardant le portable plaqué contre son oreille. Et, subitement, elle a levé les yeux en direction de la boutique.

— Faut que je te laisse, Bernard m'appelle.

Effectivement, son époux, à l'intérieur du Casino, lui adressait de petits signes de la main.

— Moi aussi, finit-elle. Bisou… Oui, bisou… Bye.

Elle a mis fin à l'appel et a rejoint Bernard d'une démarche parfaitement digne et respectable.

C'est là que l'homme qui l'observait secrètement a eu envie de se joindre à eux. Ils lui plaisaient, ces trois-là, il avait très envie de faire leur connaissance. Et, bien sûr, il voulait connaître la suite de l'histoire, savoir comment se passerait l'enterrement, entendre la grand-mère annoncer sa donation.

Mais, bon, la vie ne marche pas comme ça. Un homme dans la force de l'âge ne peut pas dire à une famille croisée sur une aire d'autoroute *Prenez-moi avec vous, je suis vraiment seul et vous ne m'inspirez que de l'amour.* Quand on écrit un livre, oui, on peut s'approprier la vie des autres, c'est même encouragé. Mais, dans la vie, c'est plus délicat.

Allez, mon gros, dit-il à son chien, en se levant. Et il sourit à l'idée que, s'il était dans un film, il apparaîtrait au générique de fin comme *l'homme assis à la table de pique-nique,* ou quelque chose comme ça.

Gilberte Blondeau

Elle leur parlera après l'enterrement. À l'entrée de Tusy, si près du cimetière qu'ils pourront s'y rendre à pied, il y a un café. Tout à fait correct, d'après Arlette, qui y est passée avant-hier en allant repérer l'emplacement de la tombe. Ils s'y retrouveront après l'inhumation. Ils auront dit adieu à Serge, le plus dur sera passé, ils commenceront à se détendre, certains feront même des blagues. Ils commanderont à boire, elle attendra qu'on les serve et elle leur dira. Ça ne prendra pas plus de deux minutes, elle ne s'est pas chronométrée mais c'est tout comme, elle sait exactement ce qu'elle dira, quelles tournures, dans quel ordre, ça fait des mois qu'elle répète à n'importe quelle occasion, comme une comédienne. Elle avait prévu de leur écrire, de leur envoyer la même lettre à tous, c'est comme ça qu'elle a fini par mémoriser son petit texte, en répétant ce qu'elle allait leur écrire. Et puis Serge est mort et, comme ils allaient tous se réunir pour les obsèques, elle a décidé qu'elle leur parlerait plutôt. C'est tout de même mieux pour annoncer ce genre de choses un peu sérieuses. Oh, ils doivent bien se douter de ce qu'elle va dire. Les Couchoux, c'est sûr, ont compris. Arlette ne doit pas être loin. N'empêche, c'est toujours bien de mettre les choses au clair.

Espérons que la pluie aura cessé ou ça risque d'être quelque chose au cimetière. Elle n'a pas pensé à demander à Arlette si les allées étaient goudronnées, elle le ferait bien mais ce n'est pas le moment, la pauvre ne s'est pas arrêtée de pleurer depuis le début de la cérémonie. Ça fait mal au cœur, ce petit bout de femme qui pleure comme une madeleine avec son chien sur les genoux. Elle aussi a de la peine, elle n'en menait pas large quand elle est entrée dans l'église derrière le cercueil de son fils. Imaginer son enfant là-dedans, c'est une chose qui ne devrait jamais arriver à une mère mais, comment dire… elle croit. Elle est dans l'espérance, comme dirait le père Anselme. Jésus, son sacrifice, sa résurrection, pour elle, ça a du sens. Elle ne croit pas tout ce que la Bible raconte, elle n'est pas toujours d'accord avec ce qu'elle entend à la messe mais elle ne doute pas une seconde que la mort n'est pas une fin et que Serge, comme le reste d'entre nous, est appelé à continuer sa route dans la vie de Dieu. D'ailleurs, *adieu* vient de *à Dieu*, elle ne l'avait pas réalisé, c'est le père Anselme qui le lui a fait remarquer, la semaine dernière, quand ils préparaient la cérémonie.

Ce rendez-vous, quand elle y pense. Elle les revoit, Arlette et elle, dans un petit bureau du presbytère, assises à une table devant un grand calendrier cartonné. En face d'elles, le curé a écouté le résumé qu'elles lui ont fait de la vie de Serge puis il a gardé le silence. Comme il a fermé les yeux, Gilberte a pensé qu'il s'endormait, mais non, il réfléchissait. *Un chemin accidenté*, a-t-il fini par dire, embêté. Serge ne sortait pas grandi de ce qu'il avait entendu. *C'était quelqu'un de bon*, a placé Gilberte, se souvenant qu'elle avait prévu de le dire. *Très*, a renchéri Arlette, *surtout vers la fin*. C'est vrai, Serge avait changé dans la dernière partie de sa vie. Pas parce qu'il avait rencontré le Seigneur, non, elle aurait bien aimé mais ça n'était pas arrivé. Ce qui l'avait sauvé, c'était Arlette. C'est une sainte, cette femme-là. Elle a libéré tout ce qu'il y avait de bon en lui. Elle l'a remis droit, lui qui était de guingois. C'est elle, par exemple, qui a convaincu Serge de rendre visite à son père un peu avant sa mort. Il ne l'aurait jamais fait de lui-même, ça faisait des années qu'ils ne se parlaient plus…

Au printemps suivant, le ciel irlandais était en paix, Maureen a plongé nue dans un lac du Connemara…

Qu'est-ce que c'est que ça ? Michel Sardou s'est mis à brailler en pleine homélie. Tout le monde se regarde, s'interroge, y compris Arlette qui ne réalise pas tout de suite que ça vient de son téléphone. Le temps qu'elle attrape son sac, l'ouvre et en sorte le portable, Sardou continue : *Sean Kelly s'est dit « Je suis catholique, Maureen aussi », l'église en granit de Limerick, Maureen a dit « ouiiiii »…*

Au lieu de lui couper la chique, Arlette regarde qui l'appelle puis elle lève la tête en direction du prêtre qui s'est figé, les mains en l'air.

— Je suis désolée, il faut que…

Sans finir, elle donne son chien à Gilberte, se lève et se met à courir dans la nef, vers l'entrée de l'église. Le york, pas du tout satisfait de son sort, se tortille dans tous les sens, saute et rejoint sa maîtresse au pas de course.

Là-baaaaas, au Connemara, on sait tout le prix du silence...

Arlette renonce à sortir, sans doute à cause de la pluie, et c'est à la porte de l'église, au pied d'une statue de sainte Clotilde qui semble incliner la tête pour la surveiller, qu'elle décroche et a cette conversation, audible par tous :

— Madame Vimont, je ne peux pas vous... À Saint-Henri ?... Sainte-Clotilde, oui... Ça fera trop court... Directement... Trois heures et demie... Quinze heures trente, oui... À Tusy... Oui, très joli mais faut vraiment que je... Oui. Merci... Merci... À tout à l'heure.

Elle raccroche et regagne sa place aussi vite que possible, en demandant plusieurs fois pardon au prêtre qui, d'un hochement de tête, lui fait comprendre qu'elle est excusée. Elle s'assied, éteint son portable, reprend son chien et s'immobilise d'un coup comme si elle s'était transformée en pierre. Pendant quelques secondes, on n'entend que la pluie tomber à l'extérieur, puis le prêtre joint les mains devant sa bouche et, reprenant là où il s'est arrêté, déclare *Le Seigneur effacera les larmes de tous les visages...*

Ce n'est pas le père Anselme, qui les avait prévenues. Devant assister à un synode en début de semaine, il ne pourrait pas célébrer les obsèques de Serge. Un collègue venu de Belfort, Gautier, s'en chargerait. Sur le coup, Gilberte avait été déçue mais elle voit bien qu'elle n'avait aucune raison de l'être. Il est très bien, ce remplaçant. Et beau avec ça. C'est agréable, ces paroles d'espérance dans la bouche d'un bel homme.

Le père Anselme, c'est une personnalité, une vedette dans son genre mais physiquement il n'a rien de séduisant. Il faut dire ce qui est, il n'a jamais été gâté de ce côté-là…

Où elle en était avant Sardou ? Ah, oui : Serge et son père. Ces deux-là, c'était comme le café et le dentifrice, ils n'allaient pas ensemble. Dès le départ, c'était mal engagé. Serge n'avait pas deux jours qu'il était déjà un problème pour Georges. À l'époque, les Blondeau n'étaient pas encore installés au Creusot. À vrai dire, ils n'étaient installés nulle part. Georges était en Algérie, où il avait été appelé, et Gilberte, enceinte, vivait encore dans la maison où elle avait grandi, à Chaumot, qui est un village de la Nièvre. C'est là, au domicile de ses grands-parents, que Serge est né en décembre 1955. Il a fallu le déclarer à la mairie de Corbigny, à cinq kilomètres de là, et Georges, qui avait obtenu une permission exceptionnelle, s'y est collé. Seulement, le voisin qui l'accompagnait en voiture s'est d'abord arrêté dans un café où ils ont fêté la naissance du petit, ce qui fait que Georges s'est retrouvé à la mairie saoul comme un cochon, incapable de se rappeler le prénom que Gilberte et lui avaient choisi. Impossible de l'appeler pour lui demander, il n'y avait pas encore de téléphone à Chaumot. Le secrétaire de mairie a donc passé en revue les prénoms masculins du moment : Jacques, Michel… Arrivé à Gérard, Georges a levé un index. *Je crois bien que c'est ça.* Le secrétaire a inscrit Gérard sur son registre alors que c'était sur Serge que les Blondeau s'étaient entendus, deux heures plus tôt. Ces deux prénoms ne se ressemblent pas, allez savoir pourquoi il a réagi comme ça, peut-être parce que Gérard commence par un G, comme Georges. Il est rentré à Chaumot, où tout allait bien jusqu'à ce qu'il entende sa femme appeler son bébé Serge. Il a compris qu'il y avait un problème mais n'a rien osé dire et, comme tout le monde, il s'est mis à appeler son fils Serge. C'est venu aux oreilles du secrétaire de mairie, qui l'a répété à son épouse, qui l'a répété à sa couturière, qui l'a dit à Gilberte. Georges a fini par reconnaître sa faute. Sa femme n'en a pas fait un drame, ce serait mal la connaître. Par contre, n'appréciant pas particulièrement le prénom Gérard, elle a continué à appeler son fils Serge qui, de fait, a porté toute sa vie un autre prénom que celui inscrit sur son état civil. D'ailleurs, le certificat de décès ne mentionne pas Serge. Officiellement, c'est Gérard Georges Armand Blondeau qu'on enterre aujourd'hui.

Car il n'est jamais question que d'amour, dit le prêtre. C'est joli, ça aussi. Et ça va bien avec Serge. Il y avait de l'amour en lui. De plus en plus. Comme il n'était pas très liant, les gens le pensaient antipathique, c'est dommage, il ne faut pas se fier aux apparences qui sont trompeuses, la plupart du temps. Prenez les Couchoux. Brigitte et Bernard. De l'extérieur, c'est sûr, c'est clinquant, grande voiture, grand pavillon avec ce qu'il faut de terrain, grands sourires et tout le bazar, mais à l'intérieur, c'est rêche comme de l'émeri. Ça ne pense qu'à l'argent, ça ne parle que de ça. C'est triste à dire de sa propre fille mais c'est vrai. Vous savez la première chose que Bernard a dite à sa belle-mère en arrivant à l'église ? Qu'il allait voir si Arlette pouvait lui rembourser de l'argent qu'il avait prêté à Serge autrefois. Penser à ça un jour comme aujourd'hui, faut quand même avoir un problème.

Et puis ils ne viennent jamais la voir. Aujourd'hui, ils sont descendus, comme ils disent, pour les obsèques, mais sinon, ils ne lui rendent jamais visite. Quand ils vont dans leur maison du Var, vous croyez qu'ils s'arrêteraient au Creusot qui est sur le chemin ? Serge passait, lui. D'accord, il vivait à la Grenouillère, qui est à quarante kilomètres. Mais il n'avait pas de voiture et se débrouillait quand même pour venir voir sa mère. Il prenait le minibus qu'il utilisait dans son travail. Il débarquait, en fin de journée en général, toujours à l'improviste. Il s'installait à la table de la cuisine et se mettait à parler de tout, de rien, des tournesols grillés qu'il avait vus en venant, du nouveau rond-point à Montchanin. Des fois, Gilberte sentait qu'il avait envie de dire des choses plus importantes, elle se taisait pour voir ce qui venait mais non, ça n'allait pas plus loin. Il se levait en faisant traîner sa chaise sur le carrelage, sa mère lui proposait de manger un bout et lui répondait invariablement *Je peux pas, Arlette m'attend...* Il se doutait que ses visites lui faisaient plaisir, il ne savait pas à quel point.

Pour en revenir aux Couchoux, elle est allée chez eux, une fois. Là-bas, à Saint-Brice-sous-Forêt. Eh bien, merci beaucoup mais il n'y aura pas de deuxième fois. La première nuit, elle n'a pas fermé l'œil. La climatisation dans sa chambre était beaucoup trop forte, elle ne savait pas comment la baisser, il faisait un froid de canard là-dedans. Elle a été obligée de se couvrir d'une couette trouvée dans un placard. Et, blottie en dessous, elle avait encore le bout du nez glacé. En plein mois d'août ! Son cœur frappait dans sa poitrine et elle n'arrivait pas à le calmer. Elle était énervée. Ils l'avaient énervée. Vraiment, c'est terrible à dire de sa fille et de son gendre mais ils sont insupportables. Bernard, qui redoute le silence, comble le moindre blanc dans la conversation en commentant ce qui lui tombe sous les yeux : une indication sur un sachet de pâtes, les chiffres qui défilent à une pompe de station-service. Et quand il n'a plus rien à commenter, il se met à siffloter (*La Vie en rose*, en général). C'est épuisant. Surtout que, comme il est obsédé par l'argent, il en parle constamment. *Je vous prédis que la taxe foncière va s'envoler au Creusot, Gilberte. Vous savez, Gilberte, qu'en partant samedi, vous auriez payé votre billet moins cher ?* Oui, car il a aussi ce défaut très agaçant de prononcer à tout bout de champ le prénom de la personne à qui il s'adresse. Deux fois, parfois, dans la même phrase ! *Gilberte, vous devriez mieux camoufler votre main quand vous composez votre code de carte bleue, Gilberte.* C'est une maladie, ça !

Quant à Brigitte, les rares fois où elle ouvrait la bouche, c'était pour dire du mal de son frère. Oh, elles ont dû siffler, les oreilles de Serge, pendant ces trois jours. Et que c'est malheureux d'être chauffeur pour une maison de retraite. Et que ce n'est pas une vie d'habiter dans un mobile home. Et que Georges serait triste de voir que son fils n'a pas réussi. Ça a été au point que, le dernier soir, pour ne pas avoir à dîner avec eux, Gilberte a prétendu qu'elle était souffrante (ce qui n'était qu'un demi-mensonge tellement ils lui avaient cassé les oreilles). Résultat, elle a pris son dernier repas seule, dans son lit, en évitant de regarder le tableau hideux fixé au mur en face d'elle, une espèce de portrait à la Picasso avec deux bouches, un œil vingt centimètres en dessous de l'autre et une oreille dans le vide…

— Tu en aurais un autre ?

Arlette, le visage sillonné de larmes, lui montre ce qui reste de son mouchoir en papier. De son sac, Gilberte sort un petit paquet de Kleenex dont elle essaie d'extraire un mouchoir avant de donner le tout à sa voisine.

— Berci, fait Arlette, qui s'essuie le nez puis les yeux avant de lui glisser à l'oreille : Y a pas grand bonde, quand même.

Gilberte lui serre le bras en guise de réponse.

C'est sûr, il n'y a pas foule. Mais l'avis d'obsèques n'a pas été diffusé pour la bonne raison que le journal n'est pas paru depuis vendredi, à cause de la grève. Pareil pour les faire-part : beaucoup ne sont pas arrivés à temps, la poste fonctionnant au ralenti. Arlette et elle ont bien essayé de joindre des gens qui ont connu Serge mais il n'y en a pas tant que ça et il faut voir ce que ça a donné. Mme Vimont, chez qui il allait tondre la pelouse, devait être là mais s'est trompée d'église apparemment, c'est ce que Gilberte a cru comprendre du coup de fil qu'a reçu Arlette. Aux Primevères, la maison de retraite qui employait Serge, ils avaient de la peine mais personne pour conduire leurs pensionnaires aux obsèques, et pour cause, leur chauffeur, c'était lui. Et le reste est à l'avenant. Le club de randonnée dont il a fait partie à une époque n'existe plus. Son ami d'enfance, Philippe Mayolle, avec qui il faisait du vélo place Schneider, s'est suicidé en 2010. Et Myriam, une cousine que sa disparition a bouleversée, se faisait opérer d'une hernie discale ce matin. Elle a dit à Gilberte qu'elle ferait livrer des fleurs, qui ne sont pas arrivées – la grève, probablement.

En parlant de fleurs, il y a un problème avec la couronne mortuaire. Elle n'avait rien remarqué jusque-là mais, maintenant qu'elle la voit au pied du cercueil, ça lui saute aux yeux. Elle est très jolie, la composition est réussie, la question n'est pas là. Le problème, c'est l'inscription sur le ruban qui la recouvre :

À mon fils
À mon compagnon

Ça prête à confusion, non ? On a l'impression que ça vient d'une seule personne alors qu'elles s'y sont mises à deux. Bien sûr, il y a une explication. Gilberte a d'abord commandé la sienne, dont le ruban disait logiquement *À mon fils*. Après quoi est venu le tour d'Arlette qui a annoncé qu'elle s'en passerait, ses gages de femme de ménage ne lui permettant pas d'investir dans une couronne (il faut dire que ça va chercher dans les trois cents euros, cette affaire). Gilberte a proposé de participer pour moitié mais ça faisait encore trop. M. Castagnier, des pompes funèbres, a alors suggéré d'associer Arlette à la couronne de Gilberte en ajoutant la mention *À mon compagnon* sur le ruban. *Sur deux lignes, il n'y aura pas de méprise possible*. Sur le moment, ça a semblé une bonne idée à tout le monde mais, maintenant qu'elle le voit écrit, elle se dit que, même sur deux lignes, la méprise est tout à fait possible. On a vraiment l'impression que Serge était le fils *et* le compagnon de sa mère. Elle demandera à Marie-Pierre ce qu'elle en pense en sortant…

Les âmes des justes sont dans la main de Dieu et le tourment ne les atteindra pas, dit le prêtre, avant d'inviter l'assemblée à se recueillir. C'est un extrait du Livre de la sagesse. Gilberte le sait puisque c'est elle qui l'a choisi, avec Arlette et le père Anselme. Elle sait aussi que, juste après, vient son tour. Elle montera à l'autel et lira un psaume. Le 138. Il est un peu long mais très beau. Il y a notamment ce vers, au milieu : *Je gravis les cieux, tu es là. Je descends chez les morts, te voici.* Ces mots, qui l'ont toujours touchée, la bouleversent carrément depuis qu'elle s'imagine les dire à son fils. Ce matin encore, elle avait les larmes aux yeux en les recopiant sur le bout de papier qu'elle a glissé dans sa poche…

Le prêtre lui fait signe. C'est son tour. Elle se lève, pose son sac sur sa chaise et se dirige vers l'autel en cherchant le pense-bête dans sa poche. Finalement, elle l'y laisse. Ce psaume, comme l'annonce qu'elle fera tout à l'heure au café, elle le connaît par cœur.

Brigitte Couchoux

Elle n’a jamais vu un prêtre aussi beau. Et jeune avec ça. Des yeux clairs que font ressortir des sourcils noirs bien dessinés, une mâchoire carrée. Et puis ces longues mains blanches, cette délicatesse dans les gestes. Il se tient à l’écart depuis que Gilberte a pris la parole et, même parfaitement immobile, la tête baissée et les mains jointes en bas du ventre, il est d’une sensualité affolante.

Ça rattrape un peu parce que, sinon, quelle laideur. Cette pluie, ce lieu, ce moment. Tout est vieux, sombre, déprimant. Un peu à l’image de Serge, finalement. C’est vrai, il faut dire ce qui est – être sa sœur ne l’empêche pas d’être lucide –, il pouvait difficilement prétendre à des obsèques grandioses. Que célébrer de lui ? Quelle période de sa vie ? Le début, où il volait des disques à Prisunic, ou la fin, qu’il a passée dans un mobile home en couple avec une femme de ménage ? À moins qu’on préfère le milieu, quand il était représentant en stylos lumineux dans l’est de la France. On fait plus brillant. Plus inspirant. D’ailleurs, il n’y a personne à l’église. Gilberte a expliqué que la grève a empêché la parution de l'avis de décès et ralenti l'envoi des faire-part, d'accord, mais ils sont où, ceux qui n'ont pas besoin d'ouvrir leur courrier ou le journal pour apprendre que Serge est mort ?

Elle va compter les personnes présentes, tiens, pour voir. Alors, Garance, Bernard et elle, un, deux, trois. Gilberte, qui est venue avec sa voisine, Mme Vilmotte, plus Arlette, ça fait six, côté famille. De l'autre, c'est encore plus clairsemé. Et c'est la cour des miracles. Un type dans un fauteuil roulant, chauve avec des lunettes noires, dont elle n'a pas retenu le nom. Et toute une famille, les voisins d'Arlette et Serge, là-bas, à la Grenouillère. Alors, eux, c'est bien simple, ils sont cinq et les cinq sont gros – il y a un homme et quatre femmes, on a l'impression que l'homme est accompagné de la même femme à différents âges, c'est assez perturbant. Sinon, derrière, à l'entrée de l'église, l'équipe des pompes funèbres, deux types en costume noir, un avec une tête de fumeur dépressif, l'autre plus jeune avec plein de cheveux, mais eux ne comptent pas, ils travaillent. Donc, au total, ça fait douze. Douze personnes à un enterrement, c'est pathétique.

Quelqu'un pleure en écoutant Gilberte. Oui, c'est ça, quelqu'un sanglote dans l'assistance. Inutile de chercher, c'est forcément Arlette. Arlette. Il faut la voir, assise avec son york sur les genoux. Juste avant d'entrer dans l'église, Brigitte lui a demandé si les chiens étaient autorisés à l'intérieur, elle lui a répondu *Il faut bien qu'il dise au revoir à son papa*... Elle fait tellement province. Rien que le nom de son chien, Elvis, c'est tellement *cheap*. Et son patronyme, Zanella. On dirait un nom de cirque. Cela dit, s'appeler Couchoux n'est pas forcément mieux. Couchoux. Ça ressemble à un éternuement. Elle ne s'y est jamais faite. Jeune, elle détestait son nom de famille, Blondeau, qu'elle trouvait terriblement ordinaire. En changer était une de ses motivations pour trouver un mari. Elle a rencontré Bernard et, quand il lui a dit son nom, elle a failli le quitter. Il faut croire qu'elle était amoureuse.

Diane von Fürstenberg, ça, c'est un beau nom. Sublime, même. Mais tout le monde n'a pas la chance d'avoir épousé le descendant d'une grande lignée princière. Elle est totalement fascinée par DVF, comme elle l'appelle. Elle la suit sur Instagram et guette ses *stories* comme une héroïnomane son *dealer*. La classe, le succès, l'argent, un jour dans un penthouse à Manhattan, un autre dans une villa des Caraïbes, un troisième dans un pied-à-terre parisien, voilà ce à quoi elle aspire, le genre de vie qui la fait rêver. Aujourd'hui, elle en est particulièrement loin, c'est sûr…

Qu'est-ce qu'il fabrique, Bernard ? Il a baissé la tête et… il utilise la calculatrice de son portable ! C'est pas possible, elle veut bien que cette cérémonie soit chiante mais ce n'est pas une raison pour faire ses comptes !

Elle lui donne un coup de coude dans les côtes. Il redresse la tête, range le portable puis se penche vers sa femme et lui glisse à l'oreille :

— Ajusté à l'inflation, ça fait quatre-vingt-un euros.

Il doit parler de la somme qu'il compte demander à Arlette, les quatre cents francs qu'il a prêtés à Serge en 1998 et dont il n'a jamais revu la couleur. Il ne pense qu'à ça depuis une semaine. Primo, ce n'est pas le moment de s'en occuper. Et, deuzio, il a une haleine épouvantable. Vraiment. C'est à se demander comment une bouche peut sentir aussi mauvais. À croire qu'il stocke des miettes de cabillaud dans le creux de ses joues.

Elle attrape discrètement son sac où elle dégote trois vieux Menthos dans leur emballage. Elle se redresse et, tout en regardant sa mère sur l'autel, glisse les bonbons dans la main de Bernard, qui les accepte sans réagir.

Marc, lui, ne sent pas mauvais de la bouche. Forcément, il fume. Ses baisers ont un goût de Marlboro light et, bien sûr, elle trouve ça incroyablement sensuel. Comme elle trouve incroyablement sensuelles toutes les odeurs associées à leur rendez-vous dans l'escalier de secours à Pharmadiff. Salive, eau de toilette, transpiration de Marc, mais aussi émanations d'essence, d'huile et de métal montant du parking au sous-sol. À cette évocation, la partie médiane de son corps réagit, surtout si elle y pense en regardant le prêtre. Elle ferme les yeux et tout se mélange : ce prêtre magnifique, Marc qui l'embrasse dans le cou dans l'escalier de Pharmadiff. Sensations glissantes, délicieuses, une chaleur monte du bas de son ventre… Brigitte, s'il te plaît.

Elle rouvre les yeux, qui vont se poser sur le cercueil de son frère. Ce sont ses obsèques, quand même, c'est à lui qu'il faudrait penser, tu ne crois pas ? Elle revoit sa tête. Sa tête des dernières années. Sa tignasse blanche, son regard bleu délavé, les rides balafrant son visage dans tous les sens comme pour le raturer. Un visage où ne se retrouvait aucune trace du jeune homme qu'il avait été. Quelqu'un qui ne l'avait connu que dans sa jeunesse n'aurait eu aucune chance de le reconnaître.

Ils n'ont jamais été proches. Ils avaient une trop grande différence d'âge. Lui était de 1955, elle de 1969, ils ont dû passer dix mois sous le même toit avant que Serge ne parte en apprentissage dans un garage, à Lens. Comme il n'est pas revenu et qu'à la maison le sujet était soigneusement évité, les seuls souvenirs qu'elle a de son frère à cette époque sont deux portraits de lui encadrés dans le couloir menant aux chambres. Deux photos de classe, où il avait la beauté de la grande jeunesse, où il semblait encore capable de réussir sa vie. Quand il a refait parler de lui, c'était à chaque fois pour de mauvaises raisons. Il avait cassé une dent à son chef d'équipe alors qu'il faisait les vendanges dans le Mâconnais. Il avait passé quelques heures en prison en Catalogne avec des copains après avoir balancé un lit du balcon de leur chambre d'hôtel pour s'amuser. Il attendait qu'on lui envoie un mandat dans le sud de l'Italie pour pouvoir prendre un ferry pour la Grèce avec sa petite amie du moment. Il était impulsif, imprévisible, inconséquent. Il ne donnait pas envie de lui ressembler. Et, de fait, Brigitte a grandi comme une enfant unique, dans la seule admiration de son père, Georges.

Ça y est, Gilberte a fini. C'était long, son truc. Elle serre la main du prêtre, qui l'aide à descendre de l'autel et elle retourne s'asseoir. Elle est moins grosse, on dirait. Moins bouffie. Et plus énergique. La dernière fois que Brigitte l'a vue, c'était il y a deux ans, quand elle est venue passer quelques jours à Saint-Brice. À l'époque, elle faisait carrément éléphant de mer. Il faut dire qu'elle se remettait d'une dépression qui l'avait bien amochée. N'empêche, qu'est-ce qu'elle a pu être chiante pendant ces trois jours ! Et que vous dînez trop tard pour moi. Et qu'il fait trop froid dans ma chambre. Et que je décroche le tableau en face de mon lit parce que je le trouve angoissant. Et puis sa relation avec Garance, cette connivence entre une mamie et sa petite-fille qui l'initie aux réseaux sociaux, leur complicité à deux balles, ça va cinq minutes, on n'est pas dans *La Boum*. C'est terrible à dire mais Brigitte comptait les heures avant le départ de sa mère.

Aujourd'hui, en tout cas, elle a l'air plus en forme. C'est étonnant de donner cette impression à l'enterrement de son fils. En même temps, elle est croyante. Ça aide. Pour elle, la mort n'est pas une fin mais un passage, une étape. Elle a tenté de l'expliquer à Brigitte à la mort de Georges, en 2011. *Ton père vit toujours dans l'amour de Dieu.* Mouais. Tant mieux pour elle si ce genre de conneries l'aide à surmonter ces épreuves. C'est comme sa voisine, Mme Vilmotte. Il fallait la voir pendant l'homélie secouer la tête, les yeux fermés, comme à un concert des Doors.

En parlant de ça, Serge a chanté. Oui, Serge, son frère, l'homme qu'ils enterrent aujourd'hui. Il a enregistré un disque, un quarante-cinq tours, au milieu des années soixante-dix. Brillant épisode, ça aussi... Après l'histoire du mandat envoyé à Brindisi, silence radio. Serge disparaît de la circulation, au point que les Blondeau se demandent s'il n'a pas un problème. Et, en 1975, il réapparaît, métamorphosé. Chemise cintrée col pelle à tarte, pantalon de velours à pattes d'eph, coiffure à la Barry Gibb. Serge, qui a toujours chantonné en s'accompagnant à la guitare, a décidé de devenir le nouveau Mike Brant, qui vient de mourir, et son rêve est sur le point de se réaliser. Il a envoyé une cassette à une maison de disques qui l'a signé pour un titre, *Embrasse-moi*, dont le refrain fait :

Je t'aime, je t'aime
Je t'aime, je t'aime
Je t'aime, je t'aime
Je t'aime, je t'aime
Je t'aime, je t'aime
Embrasse-moi

Ça a l'air complètement con. Ça l'est mais c'était moins frappant à l'écoute, les paroles étant noyées dans des arrangements tonitruants. Et puis ça ne jurait pas dans la variété française de l'époque, assez débile dans son ensemble. Serge, rebaptisé Serge Blond, allait réussir quelque chose. Et, pour commencer, il allait frapper fort en passant à *Système 2* que présentait Guy Lux sur Antenne 2. Brigitte n'avait que six ans mais elle se souvient précisément de cette soirée. Elle revoit la famille au grand complet, réunie dans le salon du Creusot devant un téléviseur Radiola avec ses grosses touches carrées sur le côté. Elle revoit la fenêtre ouverte et les peupliers dans la cour, inertes en cette veille suffocante de fête nationale. Elle revoit Georges, silencieux au bout du canapé, plus ou moins réconcilié avec son fils pour l'occasion, et les voisins et amis, si nombreux que beaucoup se tiennent debout dans le couloir. Serge avait prévenu : il passerait en milieu d'émission, entre Carl Douglas, un chanteur américain, et Nicoletta. Sauf qu'en milieu d'émission, entre Carl Douglas et Nicoletta, ce n'est pas Serge

Blond que Sophie Darel a annoncé mais un autre chanteur *promis à un bel avenir*, William Sailly, venu interpréter *Toi ma princesse en blue-jean*.

Le producteur de Sailly l'avait imposé à la dernière minute, ce producteur était Eddie Barclay, or on ne disait pas non à Barclay. Ce qui s'est passé ensuite est assez flou, toujours est-il que la maison de disques de Serge – qui a mis la clé sous la porte peu après – l'a laissé tomber. *Embrasse-moi* a été déprogrammé d'Europe 1 qui avait pourtant prévu d'en faire son tube de fin d'été 75. Personne n'a acheté ce disque dont il a dû se vendre moins de deux cents exemplaires. Serge a un peu chanté dans les supermarchés (Brigitte le revoit dans sa Simca 1100, avec ses quarante-cinq tours et son ampli portatif sur la banquette arrière) avant de jeter l'éponge. Et, de ce jour, il n'a plus jamais évoqué son disque ni sa carrière de chanteur, deux sujets devenus officiellement tabous chez les Blondeau, où on n'osait même plus prononcer le nom de Guy Lux…

Elle sent venir un bâillement, tente de le retenir mais il est irrésistible. Elle a juste le temps de mettre la main devant sa bouche, bâille à s'en décrocher la mâchoire et en gémissant pratiquement de soulagement… Quelle heure peut-il être ? Une heure et demie ? Deux heures moins le quart ? Ne pas vérifier, ça passera plus vite si elle ne sait pas. De toute façon, ça ne peut plus être très long, le prêtre sait bien qu'ils ont de la route à faire jusqu'au cimetière. Là-bas, la cérémonie durera quoi ? Une heure, grand maximum. Après, ils se retrouveront dans un café, pas loin. Ça risque d'être bien glauque mais Gilberte fera passer la pilule en annonçant sa donation. On fera semblant d'être surpris (*Tu es sûre ? Tu as bien réfléchi ? Tu as tes amies, ton marché, tes habitudes au Creusot*) et on reprendra la route. On arrivera à Saint-Brice dans la soirée, il fera encore grand jour. Brigitte préparera une salade, glissera une pizza dans le four et elle sortira la poubelle. Dehors, elle s'attardera près des conteneurs, le temps d'écrire à Marc. Elle lui dira qu'ils sont bien rentrés, qu'elle est impatiente de le retrouver et lui souhaitera bonne nuit. Avec un peu de chance, il lui répondra sur-le-champ. Il lui écrira qu'il est *tranquillou devant la télé*, qu'il a hâte de la voir lui aussi, et elle retournera à l'intérieur où elle dégustera une Margherita tomate-mozza en famille, parfaitement détendue à l'idée de ce qui se passera le lendemain, aux alentours de dix heures, dans l'escalier de secours de Pharmadiff.

En attendant, Garance fait la gueule. *Encore la gueule*, elle devrait dire. Tout à l'heure, en entrant dans l'église, Brigitte lui a demandé *Ça va aller ?* en lui passant la main dans le dos et sa fille l'a ignorée. Elle doit juger qu'elle n'a pas assez de peine. Évidemment, elle était avec son oncle comme avec sa grand-mère : elle le *kiffait*. Le mobile home au bord de l'étang, le côté marginal, elle trouvait ça *chanmé*. À seize ans, avec une mère au service juridique d'une entreprise pharmaceutique et un père ingénieur civil, ça peut se comprendre. Ça lui passera. Quand la question de son avenir se posera pour de bon, l'idée de conduire le minibus d'un Ehpad risque de moins l'emballer. D'un coup, il lui fera moins envie, le mobile home sur le terrain boueux. *Wait and see.*

Elle est allée là-bas. Garance, à la Grenouillère. Toute seule, comme une grande. C'était en février. Elle voulait récupérer une copie d'*Embrasse-moi* pour la mettre sur YouTube. Seulement, Serge, qui a passé quarante ans à traquer les exemplaires de son disque encore en circulation pour les détruire, n'a rien pu lui donner. Ce qui n'a pas empêché Garance de rentrer gaga. *Ils sont trop gentils, leur maison est de ouf. Arlette est trop cool, elle a fait un clafoutis...* Ses parents s'apprêtent à lui payer une école de dessin en plein cœur de Paris à neuf mille balles de frais de scolarité mais c'est Arlette qui est *trop cool* avec son clafoutis. Franchement, y a des baffes qui se perdent !

Le prêtre beau gosse ouvre les bras, lève les mains vers le ciel et se met à chanter *Pour Serge qui est entré dans la paix du Seigneur, Seigneur, nous te prions*. Il pivote alors vers Brigitte et, en la désignant du doigt, lui fait un clin d'œil. Il n'est pourtant pas prévu qu'elle prenne la parole. *Moi ?* fait-elle, stupéfaite. Sans répondre, il descend de l'autel, vient la trouver et dépose un baiser sur ses lèvres, un long baiser chaste de conte de fées. Ses lèvres sont douces et mouillées, il sent la myrrhe et le cèdre, les joues de Brigitte s'enflamment, ses jambes ramollissent. Quand il a fini, il la regarde et, en lui caressant la joue, murmure : *On s'en va ?* Elle : *Maintenant ?* Il acquiesce, lui prend la main et…

Un aboiement retentit dans l'église. Elle ouvre les yeux en catastrophe. Elvis a réagi en voyant le prêtre faire signe à l'assistance de se lever. Tous obtempèrent, Brigitte comprise, un peu en décalé.

Elle s'est assoupie.

Elle s'est assoupie aux obsèques de son frère.

Elle se reprend en main. Les yeux plissés, l'air concerné, elle se force à écouter ce que raconte le prêtre. Et alors qu'elle hoche la tête en l'entendant prononcer le nom de Jean de la Croix (dont elle ignore absolument tout), elle le voit la regarder furtivement. Il sait. Il sait qu'elle n'a rien suivi de la cérémonie, qu'elle n'en a rien retenu, qu'elle serait parfaitement incapable d'en faire le moindre résumé. Il sait qu'elle n'a pas résisté et a fini par s'assoupir. Il sait même pour le rêve et le long baiser chaste.

Romain Baratte

Il a dû dormir quarante minutes la nuit dernière et ne ressent aucune fatigue. Oh, il n'était pas frais quand son téléphone l'a réveillé en fin de matinée. C'était Jean-Pierre. *Romain, qu'est-ce que tu fous ? Tu devrais être là depuis une heure, Castagnier est furax !* Et de ce qui a suivi, il n'a rien retenu. Il ne se souvient pas d'avoir pris son café, sa douche, s'être habillé et avoir passé le rouleau adhésif sur son costume. Il a oublié qu'il avait l'impression d'avoir une boule de bowling à la place du cerveau en se réveillant et qu'il a hurlé en cognant son petit orteil contre un pied de la table basse alors qu'il cherchait ses chaussures. Mais, maintenant, ça va. Ça va même très bien. Ça n'a même jamais été aussi bien. On ne dirait pas comme ça, à le voir faire le pied de grue à l'entrée de Sainte-Clotilde mais il vole. Il vole au-dessus du Creusot parmi les anges qui jettent des pétales de rose sur son passage et lancent de petites flèches en forme de cœur dans sa direction. Il est tombé amoureux. D'ailleurs, pourquoi on dit *tombé* ? On devrait dire *monté* puisque c'est ce qu'on ressent quand ça nous arrive. Il est monté amoureux, cette nuit. C'est la première fois que ça lui monte dessus, que ça l'élève comme ça, que ça lui donne envie de conquérir le monde entier.

Il observe la scène de ces obsèques sans lustre, l'assistance ridicule, les bancs désertés derrière elle, il voit tout cela mais est incapable de penser à autre chose qu'à ce qui lui est arrivé. Il s'imagine courir vers l'autel et prendre la parole, annoncer à tous ces gens qu'il a rencontré une fille extraordinaire, qu'ils ont échangé leur numéro et que maintenant il ne sait pas trop ce qu'il doit faire. S'il y en a parmi eux qui ont des suggestions – sérieuses, hein, rien de fantaisiste – qu'ils les lui fassent connaître tout à l'heure quand ils sortiront de l'église, avant de partir pour le cimetière. Voilà, merci de l'avoir écouté et pardon pour cette interruption.

Rien de tout cela n'était prévu, c'est ce qui le rend encore plus magique. Hier soir, il pensait rester chez lui à jouer à *League of Legends* comme n'importe quel jour de semaine. Finalement, il s'est endormi après avoir mangé, devant une diffusion de « La France a un incroyable talent » dont il n'a gardé aucun souvenir. Un coup de fil le réveille un peu avant vingt-deux heures. C'est Flavien, son meilleur ami, qui lui annonce que sa sœur l'a invité à une soirée. Elle est maquilleuse de cinéma et la fin de tournage du dernier film sur lequel elle a bossé se fête du côté d'Arnay-le-Duc. Flavien, qui ne conduit pas, conjure Romain de l'accompagner. *Dis pas non, dis pas non, dis pas non...* Il n'a aucune raison de dire non. Le lendemain, il a un enterrement qui, par chance, ne commence qu'à treize heures. Il pourra se pointer au boulot à onze heures, ce qui veut dire qu'il pourra se coucher à cinq heures, ça lui fera six heures de sommeil, pratiquement une nuit complète. *Je prends une douche et j'arrive.*

Sur place, c'est encore mieux que ce qu'ils imaginaient. Un château dans un parc, somptueux tous les deux. La lumière dispensée, à l'extérieur, par des arbres illuminés et, dedans, par des cascades d'ampoules bleues. Un remix fou d'*Utopia* de Goldfrapp, des coupes de champagne s'offrant au moment où il faut, une femme âgée encore très désirable : on dirait la fête au début de *La Grande Bellezza.*

Flavien, vite happé par sa sœur, abandonne Romain sur une terrasse d'où l'œil porte sur des scintillements à l'horizon qui sont ceux d'Autun – et il passe un moment, seul, à se demander à qui appartient ce château, comment il est possible d'avoir autant d'argent et si lui, Romain Baratte, conseiller funéraire aux pompes funèbres Castagnier, fera un jour partie de ce monde. Pourquoi pas ? Il suffit de le vouloir, non ? Ce n'est pas ce qu'on dit ? Que ceux qui n'y arrivent pas n'ont pas rêvé assez fort ?

Tout à cette idée, il promène son regard sur un groupe rassemblé à l'entrée de la terrasse. Un homme se réjouit d'avance de la chute de l'histoire qu'il raconte, un autre l'écoute en soufflant la fumée de sa cigarette sur le côté…

Et, là, il la voit.

Elle écoute l'anecdote réjouissante en tenant sa coupe de champagne des deux mains. Elle est brune et s'est fait le chignon de Romy Schneider dans *César et Rosalie*. Elle ne porte qu'un bijou, un bracelet fin et doré, et pas de maquillage, ou alors très discret. Elle est habillée simplement : chemise blanche en coton, jean taille basse, ceinture en cuir western. Elle a un long cou de danseuse. Ses mains sont fines, leurs os apparents. Romain n'a pas de scrupule à la dévisager. Il est à une certaine distance et, même si elle s'en aperçoit, il y a peu de risques qu'elle s'en offusque. Elle doit avoir l'habitude d'être regardée et, pour une fille comme elle, un gars comme lui ne doit pas plus compter qu'un ficus.

Elle éclate de rire et le mouvement de sa tête lui fait remarquer Romain, au bout de la terrasse. Il y a un échange de regards accidentel, furtif, puis se produit l'invraisemblable, un miracle comme il n'en arrive que deux ou trois dans une vie : elle le regarde à nouveau et lève sa coupe de champagne dans sa direction. Et c'est là, à l'expression de son regard, à la forme que prend sa bouche à cet instant, à cette suavité et à cette impertinence, qu'il la reconnaît…

— Serge, je t'aime !

La petite veuve qui avait le chien sur les genoux vient de hurler cette phrase qui résonne dans l'église pendant plusieurs secondes. Elle a filé son york à sa voisine, est montée à l'autel et, les yeux pointés sur le cercueil, a crié *Serge, je t'aime !*

Ce n'était pas prévu, ça. Romain fait signe à Jean-Pierre de lui donner le programme de la cérémonie. Voilà, c'est écrit noir sur blanc : *Mlle Zanella lit « Tristesse » d'Alfred de Musset*. Pas *Mlle Zanella hurle « Serge, je t'aime ! » et retourne s'asseoir*. Oui, parce qu'elle a repris sa place au premier rang, récupéré son chien, et le prêtre a enchaîné, comme si de rien n'était, avec l'absoute des péchés.

Ce n'est jamais joyeux, un enterrement, mais celui-là est particulièrement sinistre. Déjà, cette pluie qui ne s'arrête pas de tomber, ce temps d'automne en plein été. Et puis y a pas un chat. Au bout d'un an et demi de métier, il devrait s'être habitué aux bancs vides, aux assemblées clairsemées, mais non. Il ne peut s'empêcher, à chaque fois, d'imaginer la réaction du défunt : *Vraiment ? C'est tout ? Je n'ai pas compté plus que ça ?* Il ne sait rien de ce M. Blondeau – c'est Castagnier qui a préparé la cérémonie avec les proches – mais ses obsèques lui laissent penser qu'il n'était ni riche ni très entouré. Les funérailles des gens comme lui sont souvent une double peine : peu de monde, peu de fleurs et, dans son cas, même pas de porteurs (en embaucher aurait coûté trop cher, on déplace le cercueil sur un chariot). Comme a dit Castagnier, un jour, sans réaliser que c'était drôle : c'est pas une vie de mourir comme ça…

Il en était où ? Ah, oui, Anaïs Monod. Parce que c'est elle, la fille d'hier soir, c'est l'actrice Anaïs Monod. Une des étoiles montantes du cinéma français, comme on lit dans *Première*. Elle a été révélée l'an dernier par *Mort d'un jardinier portugais* qui a été couvert de prix et lui a valu de concourir au César du meilleur espoir féminin. Romain, qui voit beaucoup de films, l'a zappé (les fresques en noir et blanc de deux fois trois heures, c'est pas trop son truc) mais il a vu celui qu'elle a tourné juste après, un thriller efficace avec Laurent Lafitte.

Donc, Anaïs Monod, après avoir levé sa coupe dans sa direction, vient s'appuyer contre la balustrade à côté de lui. Second prodige, qu'il attribue au champagne. Elle est au stade de l'ivresse insouciante et heureuse, celle qui fait s'intéresser aux garçons seuls dans leur coin et qui n'ont pas une tête d'assassin. Elle se présente, comme n'importe qui. *Je m'appelle Anaïs, je suis actrice.* Il cherche une répartie brillante et drôle mais rien ne vient et puis elle ne lui en donne pas l'occasion. *Et toi, tu es qui, tu fais quoi de beau ?* Il répond *Pour le moment, conseiller funéraire* et s'empresse d'ajouter qu'il adore le cinéma, que les filmographies de Kubrick ou de Tarantino n'ont pas de secrets pour lui, qu'il a des idées de scénarios dont un à la Nolan qu'il a commencé à écrire. *Conseiller funéraire*, fait-elle après une pause, *ça consiste en quoi exactement ?* Et le voilà qui, à cette fête de fin de tournage, se met à parler de levée de corps, de mise en bière, de thanatopraxie. Elle n'attendait que ça, qu'on lui change les idées, qu'on lui ouvre les portes d'un monde aux antipodes du sien. Romain le sent bien, alors il raconte le portable qui sonne le samedi à vingt-trois heures alors qu'on est en soirée et qu'il faut aller récupérer un corps, les cadavres défigurés dont on reconstitue le visage en s'inspirant de photos, ce cercueil qu'ils ont fermé avant d'entendre le portable du défunt sonner à l'intérieur, cette femme qui a glissé dans la fosse en se penchant pour adresser un dernier baiser à sa mère. Et, tout en racontant, il scrute le visage qui l'observe pour essayer de comprendre comment fonctionne sa beauté, comment des traits peuvent composer un ensemble si parfait, si érotique. Entre eux deux, ça marche. *Ça fonctionne*, reprendrait Castagnier. *Fuck you*, Castagnier ! Entre eux deux, ça marche, ça court, ça fonce. On s'entend, se comprend, on rit aux mêmes vannes, on met la main sur le bras de l'autre quand on éclate de rire. Par moments, ça lui revient : *Je suis en train de parler avec Anaïs Monod, je le crois pas.* Mais il se reprend. Il est en train de parler avec une fille belle et photogénique qui a choisi le métier d'actrice et pour qui ça commence à marcher, ce n'est pas tout à fait la même chose.

Ils passent un moment au bar puis à marcher dans le parc, après quoi ils retournent au bar et reviennent sur la terrasse, à moins qu'ils n'y reviennent pas, il ne sait plus trop, il perd le fil. Une chose est sûre, ils se retrouvent derrière le château, assis sur des caisses en plastique près de l'entrée des cuisines, à fumer un joint en compagnie d'un serveur. Le jour se lève sur la Côte-d'Or. Un auvent à l'ancienne les abrite de la pluie encore légère qui fait monter de la terre une odeur bouleversante. La musique s'est arrêtée depuis longtemps, un merle donne un récital quelque part. Ils ont parlé des Weetabix, des films de Claude Lelouch, du fait que les éternuements vont souvent par deux, et maintenant ils sont trop bien pour faire autre chose que se blottir l'un contre l'autre dans la fraîcheur de ce jour commençant. On dirait qu'ils posent pour une affiche *L'amour, c'est regarder ensemble dans la même direction.*

Et puis le serveur disparaît et la productrice du film montre le bout de son nez. *Anaïs, qu'est-ce que tu fous ? Ça fait une heure qu'on te cherche.* Il faut partir, aller attraper le TGV. Elle se lève, c'est un arrachement. Romain s'éclaircit la voix. *Mais... on va se revoir ?* Elle rentre sa chemise dans son pantalon, remet de l'ordre dans ses cheveux. *Bien sûr !* Et ils ont juste le temps d'échanger leur numéro avant qu'elle se volatilise et que Romain se retrouve seul sur son caisson à bouteilles. D'un coup, le froid le saisit.

— Bah, t'attends quoi ?

C'est Jean-Pierre qui lui parle. Le prêtre est en train de bénir le cercueil, la fin de la cérémonie approche.

Il sort de l'église par la petite porte. Dehors, surpris par la lumière et la pluie, il se tient contre le bâtiment un instant avant de s'élancer vers le corbillard qu'il gare dans l'axe de la nef, devant le porche mais pas trop près non plus. Il devrait ouvrir l'arrière du fourgon mais, vu ce qu'il tombe, il s'en passe.

À son retour à l'intérieur, les proches bénissent le cercueil. Il reprend sa place devant la grande porte, joint ses mains dans son dos et se retient de bâiller, victime d'un monstrueux coup de barre. Il faut dire qu'il s'est couché vers huit heures et qu'il faisait bien trop jour dans sa chambre pour qu'il s'endorme. Dans son lit, les yeux grands ouverts, le téléphone à portée de main, il attendait un signe d'Anaïs. Un appel, un texto, une photo, n'importe quoi. Évidemment, rien n'est venu. Les notifications sur son portable brillaient par leur absence, comme la trentaine de fois où il a vérifié depuis.

Mais, comme il suffit parfois de désirer une chose très fort pour qu'elle finisse par se produire, voilà que son portable se met à vibrer dans la poche de sa veste. Coup au cœur, accélération de son rythme cardiaque, léger étourdissement. C'est elle, il le sent. Elle est rentrée chez elle, a dormi un peu. À son réveil, elle a mangé un bout puis elle a pris un bain et, dans la baignoire, a repensé à ce type adorable avec qui elle a passé quelques heures cette nuit – et si elle lui écrivait ?

Il s'empare du portable, baisse doucement la tête.

Fitness Park, offre parrainage :
1 mois offert pour toi
1 mois offert pour ton ami

La déception lui fait un peu l'effet de ravaler son crachat. C'est pas cool, Anaïs. Après une nuit comme celle-là, où tant de choses se sont passées sans que rien ne se passe, une nuit où il a fait preuve d'autant de sincérité, de générosité et d'attention, il a au moins droit à un message. C'est le minimum. Une question de savoir-vivre.

Évidemment, il pourrait lui écrire. C'est peut-être même ce qu'elle attend. C'est vrai, après tout, il est possible que, de son côté, elle consulte aussi son portable et s'étonne de l'absence de texto. *Qu'est-ce qu'il fout, pourquoi il écrit pas, ce con ?* Plus il y pense, plus ça lui paraît évident. Dans ce cas, que lui écrire ? La vérité, toujours la vérité. *Tu es l'une des plus belles choses qui m'est arrivée et je pèse mes mots.* Ah non, quelle horreur… *Best rencontre ever.* C'est pire, ça fait mec qui n'a rien dans le crâne. Il faut faire plus simple… *Hello, toi !* Non, on dirait Cristina Cordula… Juste *Thinking of you.* Non, *Thinking about you.* On dit *thinking of you* ou *thinking about you* ? Y a un anglophone dans cette église ? De toute façon, ça ne va pas, ça fait glandeur, type qui fume sur son canapé… Et s'il envoyait une photo ? Une simple photo de ce qu'il voit, de ce qu'il fait. C'est bien, ça, c'est classe. Mais, bon, ce qu'il voit, ce qu'il fait, c'est un enterrement sous la pluie au Creusot. Pas le genre d'image qui fera dire à Anaïs *Quel type génial ! Moi, étoile montante du cinéma français, j'ai vraiment envie de faire un bout de chemin avec lui...*

Et si, tout simplement, il lui demandait *Comment ça va ?* C'est parfait, *Comment ça va ?* Le genre de message qu'envoie quelqu'un de normal, de bien dans sa tête, d'attentionné sans être obsédé, de détendu tout en étant trop occupé pour faire plus long…

— Ça va être à nous, dit Jean-Pierre.

La dernière personne à avoir béni le cercueil rend le goupillon au prêtre qui va retourner à l'autel et inviter à une ultime prière. Pendant ce temps, Jean-Pierre et Romain ouvriront les portes de l'église puis ils rejoindront le cercueil, débloqueront les roues du chariot qui le soutient et mèneront la lente procession de sortie. Il a juste le temps d'envoyer son message.

Il attrape son téléphone, cherche le numéro d'Anaïs – ça va vite, ces gestes font partie de ceux dont il a l'habitude. Il tape *Comment ça va ?*, envoie et respire, apaisé. C'était la chose à faire, le message à écrire… Sauf qu'en se relisant il réalise avec horreur qu'il a envoyé :

Comment ça valise ?

L'explication est toute simple, c'est d'ailleurs ce qui la rend si révoltante. En prévision de son voyage en Islande à la fin du mois, il a récemment acheté une valise, chez Jysk. Comme elle n'était vendue que par lot de trois, il a passé la semaine écoulée à tenter de refourguer les deux valises dont il n'avait pas besoin sur Le Bon Coin, à communiquer avec tous ceux qui le contactaient à ce sujet, etc. Il a rapidement trouvé acquéreur pour chacune d'elles mais la question n'est pas là. Il a tellement écrit le mot *valise* sur son téléphone ces derniers jours que le correcteur automatique a pensé que c'est ce qu'il avait en tête en tapant *va* sur son clavier.

Il a écrit *Comment ça valise ?* à Anaïs Monod, étoile montante du cinéma français révélée par un cinéaste portugais de quatre-vingt-douze ans deux fois palmé d'or et qui va commencer les répétitions d'*Oncle Vania* qu'elle jouera au théâtre à partir du mois d'octobre. C'est épouvantable. Elle va penser qu'il aime les calembours. Qu'il a un humour de merde. Qu'il est bête. Elle va se dire *C'est bizarre, j'avais l'impression qu'il valait mieux que ça, je devais vraiment être saoule.* Elle va se dire *Avec un humour pareil, c'est normal qu'il soit conseiller funéraire alors que son rêve est d'écrire des scénarios.* Et elle va effacer son numéro.

— C'est à nous, lance alors Jean-Pierre en pivotant sur lui-même pour ouvrir la grande porte.

Romain glisse son portable dans sa poche et ouvre, de son côté. Quand il a fini, il rejoint son collègue et, ensemble, ils remontent la nef sous les yeux de l'assistance qui, faussement, attribue aux circonstances l'air hébété du plus jeune des croque-morts.

Dédé

La sortie de l'église en jette. Le cercueil qui avance lentement au son de *J'ai oublié de vivre* de Johnny, la chanson préférée de Serge. Arlette, juste derrière, une main posée dessus comme pour le retenir. Elle a lâché Elvis qui, à ses pieds, a calé son pas sur le sien, on dirait qu'il comprend parfaitement ce qui se passe. Il faut être de marbre pour ne pas être touché. Même Gilberte, si forte et portée par sa foi, craque à ce moment-là. Heureusement, sa voisine est à côté d'elle pour la soutenir. Dédé non plus n'en mène pas large mais il n'a personne pour le réconforter. Il a l'habitude. Rien de tel qu'être en fauteuil roulant pour qu'on vous ignore. Devant lui, les Vitali, les voisins de Serge – un homme et quatre femmes, tous obèses –, avancent, comme ralentis par la peine. Derrière lui, le prêtre ferme le cortège. Dédé l'entend prier pour lui-même, c'est émouvant ça aussi.

Sur le parvis, c'est plus confus. Il faut décider qui emmène qui au cimetière et la pluie n'aide pas. Arlette et le prêtre grimpent dans le corbillard sans attendre. Gilberte, qui veut se joindre à eux, préfère finalement la voiture à deux places de sa voisine. Quant aux Vitali, ils remplissent leur Renault 19 dans laquelle on ne pourrait plus mettre un œuf. Dédé, plus invisible que jamais, observe tous ces gens valides fermer leur parapluie, baisser la tête et se réfugier dans les voitures en disant *Faut pas être grand* ou *C'est vraiment pas un temps de juillet*. Il est venu en transports en commun, il a pris deux bus, impossible de renouveler l'expérience pour aller à Tusy qui est un trou perdu à quatre-vingts kilomètres du Creusot.

Quand le corbillard s'élance, il se voit rester seul, oublié devant l'église. C'est sans compter sur les Couchoux qui, ayant garé leur Scénic à l'écart, décollent un peu après les autres. Apercevant Dédé dans son fauteuil sous la pluie, ils s'arrêtent et proposent de l'emmener. On sent que ça ne les emballe pas, qu'ils auraient préféré que quelqu'un d'autre s'y colle. L'idée de transporter le fauteuil pose notamment un problème au chef de famille qui passe plus de temps à se demander comment il va *faire rentrer ce truc* qu'à le plier et le glisser dans le coffre.

Une fois installé, Dédé se détend. La voiture est propre et silencieuse, on n'entend que le va-et-vient des essuie-glaces et le battement de la pluie sur la carrosserie. Un arbre magique diffuse un parfum de fraise renvoyant à des joies d'enfance. Il est facile de se laisser aller au plaisir d'être conduit, d'autant que personne ne parle. Aucun mot n'est échangé pendant les dix premières minutes de trajet. Sa présence n'est pas étrangère à ce silence, il le sent bien mais s'en fout, ce genre de considérations ne lui pose plus de problème depuis longtemps.

Et puis Brigitte, la sœur de Serge, cherche son regard dans le rétroviseur intérieur.

— Excusez-moi mais je n'ai pas retenu votre nom.

Il sait qui elle est même s'il ne l'a jamais rencontrée avant aujourd'hui. Il savait que Serge avait une sœur et il y a si peu de monde aux obsèques qu'il a été facile de l'identifier, d'autant qu'elle lui ressemble un peu. C'est une femme comme il les aime : cinquante ans, les yeux bleus, la peau claire, gironde. Bien mise, bien propre, qui donne envie de savoir comment ça se passe sous cette petite robe noire…

— André. André Coz. Mais tout le monde m'appelle Dédé.

— Et vous connaissiez Serge des Primevères ?

Il met une seconde à répondre :

— J'ai pas compris cette phrase.

— Les Primevères, l'Ehpad pour lequel Serge travaillait, c'est là que vous l'avez rencontré ?

— Oh là, non, pas du tout. Je sais que je suis vieux mais j'ai aucun rapport avec les Primevères. Même en fauteuil, je me débrouille tout seul. Serge, je l'ai connu bien avant qu'il bosse pour eux, je l'ai rencontré à Angers.

Les yeux de Brigitte quittent le rétro et fixent la route devant elle. Dédé pense qu'elle n'a pas compris et précise :

— Angers. La maison d'arrêt. C'est là que je l'ai rencontré.

— On avait fait le lien, lâche-t-elle, sèchement.

Elle doit être gênée pour sa fille, une ado affalée à l'autre bout de la banquette arrière qui, en entendant *maison d'arrêt*, a ôté le casque qui lui couvrait les oreilles.

— Serge a été en prison ?

Son père, au volant, tente une diversion grossière :

— Il ne pleut presque plus, vous pensez que j'ai encore besoin des essuie-glaces ?

Comme personne ne lui a répondu, la môme en remet une couche :

— Serge a fait de la prison ?

Brigitte avise Dédé dans le rétroviseur intérieur.

— Allez-y, dites-lui. Ça n'a plus d'importance maintenant.

Dédé pivote vers l'adolescente.

— Effectivement, j'ai rencontré ton oncle à la maison d'arrêt d'Angers.

— Mais c'est fou, c'était quand ?

— En 1989. Février 1989. Il était arrivé un peu avant, dans les derniers jours de 88.

— Serge a été en prison et on me l'a jamais dit !

— C'était bien avant ta naissance, lui répond sa mère. Je n'allais pas te seriner *Ton oncle a fait dix ans de prison, ton oncle a fait dix ans de prison* tous les quatre matins, je ne vois pas l'intérêt.

— Dix ans ?

— On est plus près de douze, intervient Dédé. Si on compte les petits allers-retours avant Angers.

— Je mets un peu d'air conditionné pour faire disparaître la buée, vous me direz si vous avez froid.

Deuxième tentative de diversion totalement infructueuse du chef de famille.

— Qu'est-ce qu'il avait fait ? demande la môme.

Dédé hésite, jette un œil en direction de Brigitte qui tourne la tête vers sa vitre, l'air de dire *Au point où on en est.*

Alors, il se lance :

— Pendant longtemps, pas grand-chose. Enfin, des petites choses. Il volait du caviar, des stylos Montblanc. Il aimait bien les trucs chers. Et il avait monté une arnaque. Il lisait les avis de décès dans le journal, il cherchait l'adresse des morts dans le bottin et il leur envoyait un stylo lumineux avec une facture. La famille pensait que le défunt avait commandé le stylo juste avant de mourir et, huit fois sur dix, elle envoyait un chèque.

— Ils venaient d'où, les stylos ?

— Il lui en restait tout un stock de l'époque où il était représentant. Les vieux les achetaient pour faire leurs mots croisés. Les stylos ne marchaient plus au bout de trois jours mais, ça, évidemment, ils ne le savaient pas.

— Représentant en stylos lumineux, soupire Brigitte. Tu parles d'une situation.

— Oh, il l'a pas fait longtemps. Pas plus de deux mois.

— Vous êtes sûr ?

— Ah oui. Ça fait partie des petits boulots qu'il a eus après son disque. Il passait de l'un à l'autre, ça durait jamais longtemps. Comme quand il a travaillé dans une boutique de fripes américaines.

— Pas de quoi pavoiser non plus, commente le mari.

Dédé se tourne vers Garance.

— Enfin bref. Il faisait ce genre de choses et, à côté de ça, il volait des voitures. Et comme il était plutôt doué, il a été approché par des types…

— Des Lyonnais, précise Brigitte.

— Arrête de le couper ! lui lance sa fille.

— Tu me parles sur un autre ton, s'il te plaît !

— Mais t'arrête pas de le couper, c'est relou !

— Je connais autre chose qui est *relou*, c'est de s'en prendre une ! Non mais tu t'entends ?

Le mari lève le nez de son volant.

— Garance, tu parles autrement à ta mère.

Indifférente à l'un comme à l'autre, l'adolescente effleure le bras de Dédé.

— Allez-y.

— Donc, des Lyonnais. Eux, leur truc, c'était les braquages. Je sais plus trop comment ils ont su que Serge existait, toujours est-il qu'ils avaient besoin d'un chauffeur et que c'est comme ça qu'il a commencé à travailler avec eux. Comme chauffeur. Ça lui a déplu, tout de suite. C'était trop pour lui. C'était des types du milieu, lui n'était pas de ce monde-là, c'était juste un bon gars du Creusot qui savait pas comment gagner sa croûte. Mais, bon, comme je dis toujours…

Il s'arrête, sur le point d'ajouter *Faut pas s'étonner que ton doigt pue si tu te l'es mis dans le cul*, qui risquerait d'être mal reçu. À la place, il retire ses lunettes, essuie les verres avec un mouchoir en papier et reprend, comme si de rien n'était :

— Il a fait un ou deux coups avec eux. Ça allait, ils ont gagné un peu d'argent, se sont pas fait pincer. Et puis, un jour, ils entendent qu'au Brésil des gars ont débarqué au domicile d'un directeur d'agence, l'ont tenu en joue avec sa famille toute la nuit avant de l'accompagner à la banque au petit matin et de lui faire vider les coffres. Ils trouvent ça génial et décident de faire pareil en France. Ils repèrent une banque en Vendée, à La Roche-sur-Yon. Sauf que, quand ils se pointent chez le directeur d'agence, le gars est pas du tout d'accord. *Non mais ça va pas se passer comme ça, pour qui vous vous prenez ?* et ainsi de suite. Il veut appeler la police, les esprits s'échauffent et la femme du directeur d'agence prend une balle dans la tête. Donc, là, évidemment, c'est plus la même chanson. Ils ont pris cher. Tous. Celui qui a tiré a pris perpète, je crois bien. Serge, lui, a pris quinze ans. C'était cher payé vu qu'il n'était que chauffeur mais, bon, une femme était morte. Et il avait déjà un casier.

Garance et sa mère l'observent, interdites. Puis chacune se cale dans son siège et tourne la tête du côté de la vitre.

Il faut toujours composer avec la pluie qui, depuis qu'ils ont quitté la ville, se double d'une légère brume, une vapeur en suspension à deux mètres du sol qui confère à cette campagne un aspect fantomatique absurde en ce début juillet. Le Scénic file le train à la R19 des Vitali qui suit la voiturette de Mme Vilmotte à laquelle le corbillard impose une vitesse qui ne doit pas dépasser les quarante à l'heure. Le cortège se fait régulièrement doubler par d'autres véhicules qui ralentissent en approchant du corbillard et, déçus de ne rien voir de sordide à l'intérieur, accélèrent d'un coup pour le dépasser.

— C'est pour ça qu'il était triste, finit par dire Garance.

— Serge ? fait Dédé.

— Oui. Je suis sûre que c'est la prison qui l'a rendu triste.

Brigitte intervient :

— Il était triste parce qu'il avait raté sa vie. Pour être heureux, il faut avoir réussi deux ou trois choses. Lui avait échoué dans tout. Par manque de talent, d'intelligence et aussi parce que, fondamentalement, c'était une feignasse. Il faut beaucoup travailler pour réussir dans un domaine. Au moins dix-huit heures par jour. Et lui n'en foutait pas une. Résultat, il n'avait pas d'argent, pas d'enfant, pas de voiture, il vivait dans un mobile home avec une femme de ménage. Vous imaginez vous réveiller le matin et vous dire *Ah oui, c'est vrai, ma vie, c'est ça* ?

Dédé est scié :

— Bah dites donc, on dirait pas que c'était votre frère.

— Frère ou pas, c'est la vérité, non ? L'échec était inscrit dans son regard. L'échec et l'alcool. Je suis sûre qu'il picolait.

— Les hommes qui ont les yeux clairs font souvent cette impression en vieillissant.

Cette remarque ne suscite aucune réaction. Lui succède un silence auquel met fin le chef de famille.

— Il est sorti de prison en 98 ?

Autant Brigitte séduit Dédé, autant son mari ne lui revient pas, avec son gros pif, sa moustache qui ne lui va pas et son air du type qui cherche toujours la petite bête. C'est difficile à expliquer mais sa tête lui fait penser à une horloge comtoise.

— Oui, pourquoi ?

— Parce que c'est l'année où il m'a demandé de lui avancer quatre cents francs qu'il ne m'a jamais remboursés.

— Tu ne vas pas remettre ça, lui glisse sa femme.

— C'est l'occasion de lui demander ce qu'il en pense.

— Ce que je pense de quoi ? demande Dédé.

Brigitte lui répond :

— Bernard voudrait savoir si c'est opportun de demander à Arlette de lui rembourser les quatre cents francs en question.

— Il parle que de ça depuis une semaine, précise Garance.

— On se passe de tes commentaires ! lui rétorque son père.

— Elle a raison, glisse Brigitte, tu en parles beaucoup.

— Forcément, Serge me doit de l'argent depuis vingt-deux ans et il meurt subitement ! Il est normal que je me demande comment je vais récupérer mes sous, non ?

Et, en guettant l'effet de ce qu'il va dire dans le rétroviseur intérieur, il ajoute :

— Moi, quand il m'a demandé de l'argent, j'ai pas mis vingt-deux ans à lui donner !

— Pourquoi vous lui avez pas demandé de vous rembourser quand il était encore en vie ? réagit Dédé. Ça aurait été plus pratique.

— Parce qu'ils n'avaient pas de contact, répond Garance. Serge lui faisait peur.

— Ça va aller, Garance ! s'énerve son père.

— Concentre-toi sur la route, lui demande Brigitte.

Garance se penche en avant pour dire à son père :

— Aux soixante-dix ans de Gilberte, tu lui as demandé de te rembourser et qu'est-ce qu'il t'a répondu ?

— Il m'a répondu *Arrête de m'emmerder avec cette histoire*, c'est vrai, mais ce n'est pas pour ça qu'il me faisait peur. Il en faut plus, quand même !

— La route, répète Brigitte. Regarde la route.

— S'il vous a dit ça, dit Dédé, c'est qu'il n'avait pas l'intention de vous rembourser. Ce n'est pas le genre de choses qu'on dit quand on a l'intention de rembourser quelqu'un.

— C'est vrai. Mais ça ne veut pas dire que je dois renoncer à mes sous. Moi aussi, j'aimerais pouvoir dire à mon percepteur *Arrêtez de m'emmerder avec cette histoire* !

Là-dessus, il se met à cligner nerveusement des yeux. Sa femme murmure une phrase inaudible. Garance, elle, se cale dans la banquette et demande à Dédé :

— Et vous, pourquoi vous avez été en prison ?

— *Pourquoi vous êtes allé en prison*, corrige son père. Pas *Pourquoi vous avez été en prison*.

C'est comme s'il n'avait rien dit.

— Moi ? fait Dédé. Rien à voir. Je falsifiais. Des fiches de paye, des diplômes, des reçus. C'est mon côté artiste. J'avais fait les beaux-arts à Bordeaux. Sauf qu'au lieu de copier Vélasquez ou Rembrandt, je faisais des faux bulletins de salaire. Des bouteilles de vins, aussi. J'en ai fait un paquet. Des fausses étiquettes de grands crus, des faux cachets de cire. Les types mettaient de la piquette dedans, personne faisait la différence, les caisses partaient à des prix que vous n'imaginez pas.

— Chanmé !

— Garance ! lance Bernard.

Brigitte, qui n'a pas fait attention à la remarque de sa fille, se retourne pour dire à Dédé :

— Forcément, dans votre situation, c'était plus pratique.

— De ?

— Rester assis.

— Ah, non, pas du tout. J'ai pas toujours été comme ça. Quand j'ai commencé, j'étais parfaitement valide.

De la poche intérieure de son veston, il sort son portefeuille dont il extrait une photo noir et blanc qu'il montre à Brigitte. On l'y voit, au début de la vingtaine, en slip de bain, mince et chevelu. Il se tient sur ses deux pieds et a les mains sur les hanches. La scène se passe à Ouistreham, à l'été 1967, c'est écrit derrière.

— Vous êtes beau là-dessus, commente la Couchoux.

— On me demandait souvent de poser pour des marques.

C'est complètement faux, il n'a jamais reçu la moindre proposition de ce genre, il ne sait pas pourquoi il éprouve le besoin de le dire chaque fois qu'il montre cette photo.

Garance lui prend le cliché des mains.

— Trop beau, commente-t-elle, en le lui rendant.

— Mais alors, dit sa mère, comment vous vous êtes… ?

Elle désigne ses jambes d'un coup de menton.

— Oh, bêtement, répond-il, en rangeant sa photo. Quand ils m'ont pris, la deuxième fois, ils m'ont amené au commissariat. J'avais déjà fait un tour en taule, et je peux vous assurer que, quand vous y avez goûté, vous avez aucune envie d'y retourner. Je me suis retrouvé au commissariat d'Angers qui était un bâtiment d'un étage, tout en longueur. À un moment, le type qui m'interrogeait est sorti de la pièce, je sais plus pourquoi. La fenêtre s'ouvrait pas et, en plus, j'avais les menottes. Qu'à cela ne tienne, je me suis levé et jeté de toutes mes forces contre le carreau.

Une fois, deux fois. À la troisième fois, le verre s'est cassé et je suis passé de l'autre côté. C'était un premier étage, j'aurais dû m'en tirer avec des éraflures. Sauf qu'ils étaient en travaux, ces cons-là, et que, juste en dessous, ils avaient entreposé des vitres qu'ils s'apprêtaient à poser. Des grandes vitres, rangées dans le sens de la hauteur, séparées d'une trentaine de centimètres les unes des autres. J'ai pas pu les éviter. J'ai été découpé comme du salami. Dans mon malheur, j'ai eu la chance qu'aucun organe vital soit touché. Les chirurgiens en revenaient pas. Poumons intacts, reins intacts… Par contre, le reste…

Il laisse passer quelques secondes, avant de demander :

— Ils m'ont pris de la peau de mollet pour me la greffer autour du bide, vous voulez voir ?

— Sans façon, s'empresse de répondre Brigitte avant de baisser la vitre de son côté.

Garance tourne la tête et remet son casque.

Son père, quant à lui, s'agrippe au volant comme s'il était pris d'une crampe d'estomac et commente la première chose qui lui tombe sous les yeux. Un panneau routier, en l'occurrence, qui file sur la gauche :

— Tusy, douze kilomètres. C'est bien, on sera à l'heure.

Et, ne trouvant rien à ajouter, il enchaîne en sifflotant un air que Dédé reconnaît tout de suite. *La Vie en rose*.

Jean-Pierre Bétremieux

Drame de la solitude. Ça fait des semaines qu'il a cette expression dans la tête. Il l'a entendue il ne sait plus où, l'a trouvée parfaitement adaptée à sa situation et, depuis, elle est là, comme assise dans un coin de son esprit, et il la convoque plusieurs fois par jour, au point de la dire à mi-voix. *Drame de la solitude.* Comment son patron réagirait-il s'il lui confiait ce genre de choses ? Qu'est-ce qu'il dirait s'il lui annonçait *Vous savez quoi, Raymond, ça fait des semaines que j'ai l'expression « drame de la solitude » dans la tête au point de la dire à mi-voix plusieurs fois par jour* ? Et s'il lui révélait que, souvent, le week-end se passe sans qu'il parle à personne ? Que lui, Castagnier, est le dernier être humain avec qui il s'entretient le vendredi soir, le premier avec qui il le fait le lundi matin et, qu'entre les deux, il n'ouvre la bouche que pour respirer, manger et se dire doucement à lui-même *Drame de la solitude* ?

Pas sûr qu'il lui confierait l'organisation d'obsèques. Ou, même, qu'il le laisserait conduire le corbillard. Il aurait tort, d'ailleurs, puisque les rares moments où Jean-Pierre ne fait pas de mayonnaise, c'est quand il travaille. Voilà une chose que le docteur Maître n'a toujours pas intégrée. Il lui a dit récemment *C'est sûr que, votre métier, c'est pas l'idéal quand on a un fond dépressif.* Alors que c'est tout le contraire. La profession de croque-mort est à recommander aux personnes déprimées parce qu'être confronté chaque jour au malheur d'autrui est un moyen efficace d'échapper au sien. Pour lui, en tout cas, c'est comme ça que ça marche. Quand il quitte le travail, le vendredi soir, il a toujours l'impression d'être jeté d'un avion en plein vol. C'est un tel soulagement quand Castagnier annonce un enterrement le samedi. Ça embête tout le monde, lui aussi fait mine d'être contrarié mais c'est pour la galerie. Au fond, il se réjouit car il sait qu'un samedi passé à bosser ne sera pas un samedi qu'il passera dans son lit, enveloppé dans son mal-être comme dans un duvet, à ne se lever que pour aller pisser et se faire à manger. Et le dimanche soir, alors que l'humanité entière frissonne d'angoisse à l'idée de la semaine qui va reprendre, lui, au contraire, se déleste de ses idées noires.

Aujourd'hui, par exemple. C'est lundi, il travaille et ça va. Le Seresta lui donne par moments l'impression d'être dans un ascenseur qui descend dix étages en une fraction de seconde mais, à part ça, il se sent plutôt bien. Pas trop mal, disons. Pas complètement désespéré. Au volant du corbillard, il traverse cette campagne brouillardeuse sans trop d'idées noires. Il n'a pas dit *Drame de la solitude* depuis le début de cette cérémonie, n'y a même pas pensé une seule fois.

Gautier, le prêtre, s'entretient avec la veuve à l'arrière, Jean-Pierre les voit dans le rétroviseur intérieur.

Ce n'est pas le curé rougeaud qui officie normalement à Sainte-Clotilde mais un autre, jeune et beau, vraiment beau. Franchement, il ressemble moins à un prêtre qu'à un gars qu'on verrait dans une pub pour une marque de slips ou de déodorant. La veuve l'écoute, les yeux dans le vide, en hochant la tête. Elle ne pleure plus mais a les paupières gonflées des gens qui ont versé beaucoup de larmes. C'est une petite femme éreintée, pas maquillée, juste coiffée, portant des vêtements sombres qu'elle doit mettre régulièrement. Il a trouvé très beau qu'elle crie *Serge, je t'aime !* à l'église. C'est le genre de choses qui le touche. Ce n'était pas prévu, elle devait réciter un poème. Mais c'est comme ça quand on aime, pourquoi y aller par quatre chemins quand trois mots résument parfaitement ce que vous ressentez ? Il a pensé lui parler quand elle est montée dans le corbillard, lui dire à quel point il avait aimé qu'elle dise ça. Il n'en a rien fait, heureusement – depuis quand les maîtres de cérémonie donnent leur avis sur les prestations de la famille aux obsèques ?

Devant, côté passager, il y a Romain. Lui est parfait pour se changer les idées. Un peu vert, c'est vrai, on sent bien que les grandes douleurs de l'existence lui sont étrangères, mais c'est justement ce qui le rend attachant. Jean-Pierre l'a dit à Castagnier qui, au début, ne savait pas trop quoi penser de sa nouvelle recrue. Il a souvent la tête ailleurs, il n'est certainement pas fait pour ce métier mais profitons de lui tant qu'on l'a, les gens sont sensibles à sa jeunesse, ils apprécient d'avoir affaire à quelqu'un tellement différent de l'idée qu'ils se font du croque-mort.

Aujourd'hui, il est particulièrement distrait. Il est sorti hier soir du côté d'Arnay-le-Duc, il s'y est bien amusé apparemment puisque, ce matin, il avait une heure et quart de retard. C'est Castagnier qui a aidé Jean-Pierre à charger le cercueil dans le corbillard. Et quand, plus tard, Romain s'est pointé directement à Sainte-Clotilde, la cravate de travers et l'haleine chargée, il n'avait qu'une idée en tête : est-ce que la fille qu'il avait rencontrée hier soir allait le contacter ou est-ce que c'était plutôt à lui de le faire ? Il faut dire qu'elle a l'air exceptionnelle. C'est une jeune actrice qui commence à avoir du succès apparemment. Son nom n'a rien dit à Jean-Pierre qui ne va plus au cinéma depuis des années. Romain a fini par lui envoyer un texto qui n'est pas parti comme il voulait et, depuis, il ne dit plus rien. Il doit ruminer son erreur, se demander comment la rattraper. Il est là mais, clairement, son esprit est ailleurs.

Jean-Pierre devrait lui en vouloir mais il n'y arrive pas. D'abord parce que c'est une petite cérémonie qui ne requiert pas une concentration particulière, un de ces enterrements qui ne les marquera pas. Peu de monde, peu de fleurs, même pas de porteurs. À dix-sept heures, l'affaire sera réglée et, ce soir, ils n'y penseront déjà plus. Et, surtout, Jean-Pierre lui est reconnaissant d'être qui il est, de ne pas chercher à être autrement. Il est tellement fréquent, dans ce métier, d'avoir des collègues déprimants. Il en a vu passer, des encroûtés, des alcooliques, des hypocrites, des fachos. Romain, c'est l'inverse de tout ça. C'est un chien fou, sincère et sentimental. Quelquefois, en l'écoutant ou en l'observant, Jean-Pierre a l'impression de s'entendre ou de se voir à son âge – ça, il ne lui dit jamais mais c'est un grand cadeau.

— Toujours rien ?

— Rien. C'est foutu.

Ils chuchotent comme s'ils s'apprêtaient à forcer un coffre-fort dont les propriétaires dorment dans la pièce d'à côté.

— Pourquoi tu dis ça ?

— Elle doit se dire que je suis un gros tocard et elle m'a supprimé de ses contacts.

— On est souvent surpris avec les femmes.

À peine prononcée, cette phrase lui déclenche une douleur, comme une petite piqûre, dans le sternum. Il a été surpris par une femme, il y a trois ans, et ça ne lui a pas réussi. Une femme qui, comme dans les films, lui a dit qu'elle allait rendre son appareil à raclette à sa mère et n'est revenue qu'une semaine plus tard pour prendre ses affaires.

— Je suis grillé, dit Romain. Je me suis grillé avec *Comment ça valise ?* et après avec mon deuxième message.

— Parce que tu lui as envoyé un deuxième message ?

— Oui. Un message involontaire et stupide.

— Il disait quoi ?

— Il disait *Je voul*.

— Qu'est-ce que ça veut dire ?

— Rien. Ça veut rien dire *Je voul*.

Il jette un coup d'œil rapide dans le rétro et continue, à voix basse :

— À l'église, j'ai voulu lui écrire un message correctif qui commençait par *Je voulais*. Mais j'ai pas eu le temps, il fallait qu'on ouvre les portes. J'ai glissé mon portable dans ma poche et, quand je l'ai repris, juste avant de monter dans le corbillard, je me suis aperçu que ce que j'avais commencé à écrire était parti. J'ai donc envoyé deux messages à Anaïs Monod, un qui disait *Comment ça valise ?* et l'autre qui disait *Je voul.* Je pense qu'elle ne cherchera jamais à me contacter.

Il a vraiment l'air déçu. Jean-Pierre aimerait le réconforter, trouver les mots qui lui feraient reprendre espoir mais il n'y croit pas vraiment lui-même et surtout il reconnaît le rond-point qu'il s'apprête à traverser. Le rond-point et la route qui lui succède, avec ses platanes parfaitement alignés. Ils approchent de Tusy.

La pluie s'est arrêtée mais il fait encore bien moche. Dommage parce que c'est charmant comme coin. Le village, il ne sait pas trop, il n'y est jamais entré. Le cimetière, en revanche, il y est déjà venu trois ou quatre fois enterrer des gens qui, comme ce M. Blondeau, voulaient être inhumés ici et pas ailleurs, même si ça faisait loin de chez eux. C'est que l'endroit est vraiment beau – un grand carré accroché au flanc d'une petite colline comme un vignoble, parcouru d'allées blondes jalonnées de tilleuls et de cyprès rappelant le Sud. Il n'est pas déprimant. Oui, c'est ça qui explique la séduction de ce lieu : il y est question de mort, indéniablement, mais pas forcément de tristesse.

Par contre, le portail est fermé. Et personne ne les attend. Ce n'est pas normal. En général, à l'arrivée du corbillard, les grilles sont ouvertes et au moins une personne poireaute à l'entrée. Là, non. Ils doivent attendre ailleurs, à l'abri de la pluie, se rassure-t-il, en se garant. Quant à la grille, ils l'ont sans doute déverrouillée et, pour une raison ou une autre, laissée fermée.

— Y a personne ? demande Romain.

— C'est vrai, y a personne, renchérit la veuve.

— Tout va bien, répond Jean-Pierre, avant de sortir du fourgon et de marcher vers le portail.

Les battants sont retenus par une chaîne fermée d'un verrou, et aucun humain n'est visible nulle part. La tombe de M. Blondeau a pourtant bien été creusée. Le cimetière n'est pas grand et, de là où il est, Jean-Pierre voit clairement la fosse, le tas de terre d'un côté, la stèle noire de l'autre – et même, plus loin, une brouette remplie d'eau de pluie contenant deux pelles. L'angoisse l'étreint alors, de trois façons simultanées : une sensation de vide dans l'estomac, un impérieux besoin de fumer et une furieuse envie de Xanax.

C'est un cimetière sans gardien, il n'y a personne sur place à qui s'adresser. La seule chose à faire est de contacter Castagnier. Jean-Pierre s'allume une cigarette puis il attrape son portable et appelle son patron. Le temps que ce dernier décroche, il se retourne et, à l'attention des trois paires d'yeux anxieuses qui l'observent depuis le corbillard, lève le pouce – ce qui, dans ce contexte, a peu de sens et, d'ailleurs, aucun effet.

— Oui, fait Castagnier en prenant l'appel.

Jean-Pierre exhale la fumée de sa Marlboro light.

— Raymond, pardon de vous déranger mais on a un petit souci à Tusy…

Ils ont une conversation assez courte à la suite de laquelle il reprend sa place à l'avant du corbillard.

— Un simple contretemps, dit-il aux autres, en forçant un sourire. Probablement dû à toute l'eau qu'il est tombé. Mon patron se renseigne et me rappelle.

Suit un silence embarrassant où chacun regarde, droit devant, le portail clos du cimetière. Puis Romain se penche en avant pour voir, dans le rétroviseur extérieur, les autres véhicules, tous arrivés.

— Je vais les prévenir ?

— Très bonne idée.

Romain sort du corbillard.

Le très beau prêtre se penche alors vers Jean-Pierre.

— Je ne comprends pas, ils ont l'habitude de travailler par temps de pluie, non ?

— On va avoir l'explication très vite, répond le croque-mort, renonçant à appeler *mon père* cet homme d'au moins vingt ans son cadet.

Et pour détendre tout le monde autant que changer de sujet, il propose :

— Un peu de musique en attendant ?

La veuve se tourne vers le prêtre.

— On a le droit ?

— Rien n'empêche. Il y a un autoradio ?

— Non, mais j'ai ça, répond Jean-Pierre en leur montrant son portable. J'ai cru comprendre que M. Blondeau aimait bien Johnny ?

La veuve hésite un peu et dit :

— Oui, enfin, non. *J'ai oublié de vivre* était sa chanson préférée mais il n'appréciait pas particulièrement Johnny.

— Il aimait qui ?

— Des chanteurs moins… plus calmes. Jean Ferrat. Daniel Guichard. Il aimait beaucoup Daniel Guichard. *La Tendresse.*

Comme si c'était un signal, le maître de cérémonie se met à pianoter sur son portable et, avant qu'aucun autre mot ne soit prononcé, les premières mesures de *La Tendresse* se font entendre dans l'habitacle.

La tendresse,
C'est quelquefois ne plus s'aimer mais être heureux
De se trouver à nouveau deux,
C'est refaire pour quelques instants un monde en bleu
Avec le cœur au bord des yeux...

Impression de chagrin inconsolable, de solitude éperdue, et cette voix échappée des faubourgs, cette gouaille d'un temps enfui à jamais. Banlieue grise, matins frileux, trottoirs mouillés. *La Tendresse* est probablement la chanson la plus triste du répertoire français. L'écouter dans un corbillard garé devant un cimetière, un lundi après-midi, sous un ciel menaçant, relève de l'exploit. Ça pourrait faire l'objet d'une épreuve olympique.

La petite veuve lâche tout. Les larmes filent sur ses joues, comme pressées. Le prêtre, qui regarde dans le vide devant lui, a l'air de se demander quel sens tout cela peut bien avoir. Jean-Pierre se retient de pleurer mais c'est difficile. Les yeux braqués sur l'entrée verrouillée du cimetière, il se revoit au temps du bonheur, assis dans son canapé, massant les pieds d'Annonciade allongée en travers. Puis, dans le jardin, par une chaude journée d'été, s'amusant à l'arroser avec le jet... Quand a-t-elle pris la décision de le quitter ? C'est venu d'un coup ou ça a mis du temps ? Savait-elle qu'elle allait partir au dernier anniversaire de Jean-Pierre qu'ils ont fêté ensemble, celui où elle lui a offert le col roulé lie-de-vin qu'il avait vu à Devred ?

— Jean-Pierre ?

Romain est revenu sans qu'il s'en aperçoive.

— Je te disais que j'ai prévenu tout le monde.

— Ah, c'est bien.

La Tendresse est trop déprimante, il décide de lui couper la chique. Mais alors qu'il s'apprête à le faire, la chanson s'arrête d'elle-même, chassée par un appel entrant. Le prénom *Raymond* apparaît au milieu de l'écran de son portable. En le voyant, il a l'intuition que les nouvelles ne sont pas bonnes.

Il fait remarquer qu'il ne pleut plus et ajoute :

— Ceux qui veulent se dégourdir les jambes le peuvent.

En le disant, il réalise que c'est manquer de tact envers M. Coz qui se déplace en fauteuil mais il est trop tard. Et puis personne n'a relevé. Brigitte prend la parole mais c'est pour demander à M. Coz, justement :

— Et sinon, vous êtes proche de Gilberte ?

— Je suis plus proche d'Arlette et Serge. Enfin, d'Arlette, maintenant.

— Mais vous êtes du Creusot ?

— Non, je suis au Puisoux.

— Qu'est-ce que c'est que ça ?

— Un patelin de la banlieue du Creusot.

— Oui, d'accord, c'est comme si vous étiez au Creusot. Vous pourriez être proche de Gilberte.

— On se croise quelquefois, en ville ou à la Grenouillère… Pourquoi vous me demandez ça ?

Elle se retourne pour lui parler entre les deux sièges.

— En fait, Gilberte a prévenu qu'elle allait profiter

des obsèques pour faire une annonce. On pense qu'il s'agit de la donation du pavillon…

— On en est sûrs, place Bernard.

— Oui. Et je me demandais si elle vous en avait parlé.

M. Coz fait la moue.

— Je suis pas dans ses petits papiers, vous savez.

— Elle n'a rien laissé entendre ? La dernière fois que vous l'avez vue, par exemple, elle ne parlait pas d'aller s'installer à Houlgate ?

— La dernière fois que je l'ai vue, c'était à la Grenouillère, devant la dépouille de Serge qui était mort la nuit d'avant. Je peux vous garantir qu'elle pensait pas à Houlgate.

Brigitte se contorsionne encore un peu.

— Mais quand vous la voyez en ce moment, elle vous fait penser à quelqu'un qui a pris ce genre de décisions ?

— De déménager à Houlgate ?

— Oui, et de faire donation du pavillon.

— Je peux vraiment pas vous dire. Je sais pas trop à quoi ça ressemble, quelqu'un qui a pris ce genre de décisions.

Brigitte lâche l'affaire. Elle se cale dans son siège et, pendant un instant, on n'entend que la musique grésiller dans le casque de Garance.

Le silence lui donne envie de faire un commentaire, c'est comme ça, ça l'a toujours été. L'absence de sons, pour lui, c'est comme l'absence d'air, assez vite arrive un moment où elle le fait suffoquer. Une phrase se forme dans son esprit : *On n'en voit pas la fin.* Il ouvre la bouche, inspire, mais Brigitte le prend de court :

— C'est ridicule d'attendre comme ça, dit-elle, avant de soupirer lourdement.

Comme s'il l'avait entendue, l'employé des pompes funèbres qui, tout à l'heure, est venu leur annoncer qu'il attendait un coup de fil de son patron, réapparaît. Il revient certainement les prévenir que, ça y est, il lui a parlé, le cimetière va pouvoir ouvrir et l'inhumation avoir lieu. Bernard baisse la vitre de son côté de manière à pouvoir communiquer avec ce jeune homme qui ne donne pas exactement l'impression de venir annoncer une bonne nouvelle.

— On a un souci.

Brigitte se penche vers lui depuis le siège passager.

— Qu'est-ce qui se passe ?

— M. Blondeau ne va pas pouvoir être inhumé aujourd'hui, les fossoyeurs se sont mis en grève.

La surprise empêche Bernard de réagir.

— C'est une plaisanterie ? fait Brigitte.

— Non. Ils ont fermé le cimetière à midi en soutien à la grève contre la réforme, là. Ils reprendront le travail demain matin. Normalement.

À l'arrière, le casque de Garance arrête de grésiller et M. Coz marmonne *C'est quoi, ce bordel ?*

— C'est pas possible, s'agace Brigitte. On doit rentrer ce soir en région parisienne. On travaille demain, on n'est pas en grève, nous ! Rappelez votre patron pour lui dire, rappelez-le tout de suite !

— Oui, rappelez-le, place Bernard.

— Il n'y peut rien, mon patron. Il subit, comme vous.

Brigitte, inclinée sur sa gauche, s'étale de plus en plus sur son mari.

— Mais qui est l'employeur des fossoyeurs ?

— La commune. Enfin, la communauté de communes.

— Et on a absolument besoin d'eux ?

— Comment ça ?

— Vous pouvez la faire, vous, la mise en terre, avec votre collègue. C'est pas compliqué, surtout que le trou doit déjà être creusé. Vous mettez le cercueil dedans (mon mari peut même vous filer un coup de main) et, demain matin, les fossoyeurs le rebouchent.

— Ce n'est pas envisageable. On ne fait pas le même métier.

— Que ?

— Les fossoyeurs. On n'est pas fossoyeurs. Et il faut des cordes pour descendre le cercueil, on n'en a pas. Et même si on en avait, le cimetière est fermé et on n'a pas la clé.

— *On n'est pas*, *On n'a pas*, c'est tout ce que vous savez dire ! En tout cas, nous, il faut qu'on rentre aujourd'hui, débrouillez-vous !

Bernard ouvre la bouche mais c'est pour demander à sa femme de déplacer sa main qui, depuis qu'elle est penchée de son côté, pince un bout de sa cuisse, ce qui est affreusement douloureux. Elle s'exécute et le soulagement est immédiat.

L'assistant funéraire les observe, désolé.

— Donc M. Castagnier est en train de voir si…

— C'est qui, M. Castagnier ? coupe Brigitte.

— Mon patron.

— Vous dites *M. Castagnier* comme s'il était connu dans le monde entier.

— Il est en train de voir s'il est possible de passer la nuit ici.

— Au cimetière ?

— Non, à l'hôtel. Y a un hôtel à l'entrée du village. Il serait peut-être possible d'y passer la nuit. Pour ceux qui ne souhaitent pas rentrer chez eux, évidemment.

La perspective épouvante tellement Brigitte qu'elle la prive de mots. Elle se redresse, reprend sa place sur le siège passager et, d'une main, se cache le visage. Quelqu'un qui ne la connaît pas pourrait penser qu'elle pleure.

— C'est pas con, commente M. Coz, depuis la banquette arrière. Bah oui, dormir sur place plutôt que de s'emmerder à faire l'aller-retour au Creusot.

— J'aimerais trop dormir à l'hôtel ! lance Garance.

— C'est sans garantie, fait l'employé des pompes funèbres, on ne sait pas encore s'il y aura de la place.

Bernard se racle la gorge.

— Mais qui prendrait en charge les chambres ?

— Chacun paiera la sienne, j'imagine.

— Et vous avez une idée du prix ?

— Je crois que c'est dans les soixante-dix euros la chambre.

— Je peux pas payer soixante-dix euros, dit M. Coz, je vous préviens tout de suite. Je peux même pas payer la moitié.

— C'est cher, non ? dit Bernard. Pour un endroit comme ça, je veux dire. C'est quoi, comme catégorie ?

— La catégorie, je ne sais pas mais je crois qu'il y a une piscine.

— Une piscine ? C'est un quatre-étoiles ?

— Non, je pense pas.

— Je veux trop aller à l'hôtel ! lance Garance.

Bernard est dans ses calculs.

— Avec le sans-plomb à un euro trente-quatre, une nuit d'hôtel revient forcément plus chère que trois trajets Tusy-Le Creusot. Surtout si on ajoute le petit-déjeuner. Vous avez des informations à ce sujet ?

— À quel sujet ?

— Le petit-déjeuner.

— Non, on ne sait même pas s'ils auront des chambres.

— Un petit-déjeuner d'hôtel, de nos jours, c'est rarement moins de dix, douze euros.

Le jeune homme, qui doit en avoir assez d'être debout, s'accroupit.

— Vous dormiriez où, au Creusot ?

— Chez ma belle-mère. Rue Guynemer. C'est pratiquement chez nous.

— J'aimerais mieux dormir à l'hôtel, dit Garance.

Tous les regards sont alors happés par l'apparition de l'autre conseiller funéraire, celui qui donne l'impression de sortir d'une cave où on l'aurait séquestré. Il se dirige vers le monospace en tirant sur une cigarette qu'il jette sur le gravier juste avant de se pencher vers la vitre, côté Brigitte.

— Mon collègue vous a mis au courant pour l'hôtel ?

— Oui, répondent en chœur au moins trois d'entre eux.

— Alors, ils ont deux chambres disponibles. Dans l'une, les toilettes sont hors service. Dans l'autre, ils refont la douche. C'est ce qui explique qu'ils ne les louent pas mais ils veulent bien faire une exception pour nous, vu les circonstances.

— Ils nous feraient un prix, j'imagine, dit Bernard.

— Attendez, je n'ai pas fini. Dans ces chambres, ils peuvent rajouter des lits d'appoint, autant qu'on veut. Et il y a aussi un spa, très agréable paraît-il, où ceux qui veulent pourront dormir sur des chaises longues. Voilà toutes les informations dont je dispose. À vous de me dire ce que vous comptez faire. Mme Blondeau et Mlle Zanella ont déjà fait savoir qu'elles dormiraient à l'hôtel. Le prêtre aussi.

— Je veux dormir sur une chaise longue ! lance Garance.

— Ne dis pas de bêtises, réagit son père, on rentre au Creusot.

Brigitte se tourne vers son mari.

— Pourquoi tu dis ça ?

— Bah, passer la nuit rue Guynemer reviendra moins cher que de payer trois nuits d'hôtel.

— Oui mais non. Gilberte a dit qu'elle dormait à l'hôtel, je pense qu'elle en profitera pour nous parler de…

Et elle ajoute, un ton plus bas :

— *You know, the* donation.

Mais comme elle ignore comment se dit *donation* en anglais, elle l'a prononcé à la française ce qui fait que tout le monde a compris ce qu'elle voulait dire.

— Moi, je peux pas me payer l'hôtel. Et, de toute façon, il me faut mon respirateur. Je dors pas sans mon respirateur.

Cette remarque déprimante a été formulée par M. Coz.

— J'ai trop envie de dormir au spa ! enchaîne Garance.

Brigitte cherche son regard dans le rétroviseur intérieur.

— Ça ira, Garance. Je crois que le message est bien passé.

Puis elle se tourne sur sa droite et, au maître de cérémonie, annonce :

— On reste, nous aussi. On dort à l'hôtel.

L'Auberge du Petit Pont, ça s'appelle. C'est un ancien relais de poste établi le long d'une départementale plutôt passante mais, à part ça, c'est tout à fait correct. Le bâtiment, tout en longueur, compte un étage qui semble compressé entre un rez-de-chaussée très haut et un toit colossal. Le rose très pâle de la façade en crépi moucheté fait ressortir celui, soutenu, des géraniums suspendus aux fenêtres. La vigne vierge dissimule en partie l'inscription en fer forgé au-dessus de la porte d'entrée, ce qui, à un esprit farceur ou pas totalement réveillé, pourrait laisser penser que l'endroit s'appelle Auberge du Pet.

Il y a un moment de confusion à la réception, où leur arrivée correspond avec le départ d'une famille suisse-allemande. Gilberte veut s'asseoir et Brigitte doit aller aux toilettes. La situation se décante petit à petit, Gilberte s'assied, Brigitte va aux toilettes, et la patronne, une grande brune frisée qui ressemble à un dessin de Louis Forton, finit par distribuer à chacun la clé qui lui revient.

Les Couchoux se voient attribuer une chambre double au rez-de-chaussée. Ils croient s'en tirer à bon compte avant qu'on leur impose M. Coz dans son fauteuil roulant, pour qui on installera un lit d'appoint. À l'étage, Gilberte partage avec Arlette l'autre grande chambre, où un petit lit sera ajouté pour Mme Vilmotte. Un peu plus loin, sur le même palier, le prêtre et le maître de cérémonie occuperont les lits jumeaux d'une petite chambre réservée d'ordinaire aux employés de l'hôtel passant la nuit sur place. L'autre employé funéraire dormira au spa, sorte de petite serre abritant un sauna minuscule, un vélo d'appartement et une carte encadrée des vins de Bourgogne où Garance se réjouit de passer la nuit, elle aussi. Restent les voisins de Serge dont Bernard n'a pas retenu le nom et, à vrai dire, n'a pas cherché à savoir comment ils avaient prévu de s'arranger.

La chambre est dans des tons aubergine que des voilages et un couvre-lit chocolat mettent en valeur. Un peu sombre, peut-être, mais remarquablement propre. Les toilettes sont hors d'usage – le couvercle est maintenu fermé par une bande plastifiée jaune qui a l'air d'avoir été appliquée par une personne très nerveuse – mais d'autres sont accessibles au fond du couloir. La patronne a annoncé qu'elle compenserait ce désagrément en offrant le petit-déjeuner. L'un dans l'autre, Bernard a plutôt l'impression d'avoir réalisé une affaire, d'autant que le prix comprend l'accès au spa et à la piscine.

Il a ouvert la fenêtre et observe une moissonneuse rouge, au loin, récolter ce qui doit être de l'orge. Ça a fait récemment l'objet d'une question au « Jeu des 1 000 euros », il s'en souvient : *Cette céréale à paille, l'une des plus anciennes à être cultivées, était déjà populaire pendant l'Antiquité grecque où on la consommait sous forme de galette ou de bouillie...*

De temps à autre, le passage d'une voiture sur la départementale devant l'hôtel lui fait baisser la tête. Une odeur de pétrichor monte de la terre mouillée, et des effluves de nourriture pas moins émouvants parviennent, par vagues, de la cuisine de l'hôtel. M. Coz est sorti pour tenter de résoudre son problème de respirateur. Brigitte, elle, s'est allongée en arrivant. Elle a dit *Quelle journée de merde*, a enlevé ses chaussures, s'est laissée tomber sur le lit et n'a plus bougé.

Bernard tourne la tête, enfonce ses lunettes sur son nez et regarde sa femme. On dirait une grenouille morte. Autrefois – avant la naissance de Garance, disons – ce genre de circonstances exceptionnelles les aurait disposés à l'amour. Elle l'aurait rejoint, enlacé par-derrière et posé sa tête entre ses omoplates. Il se serait retourné, aurait saisi son visage des deux mains pour l'embrasser et, quelques minutes plus tard, ça n'aurait été que rires étouffés, soupirs et gémissements. Elle était entreprenante et lui audacieux mais tout cela semble si loin, un autre film, d'autres acteurs. Aujourd'hui, ils s'entendent à peine mieux que deux voisins sachant précisément jusqu'à quel degré d'interaction ils se supportent.

On frappe à la porte.

— Entrez, fait-il, déprimé d'avance à l'idée de voir M. Coz dans son fauteuil roulant.

Mais ce n'est pas lui qui se montre. C'est une jeune fille à peine sortie de l'adolescence et qui rougit dès qu'elle se met à parler. Elle est venue demander si Brigitte et lui prévoient de dîner à l'hôtel. Et, si oui, s'ils prendront la fricassée de poulet ou la sole meunière.

Brigitte Couchoux

À son réveil, ses yeux se posent sur le dessin d'une rose jaune dans un cadre de la même couleur, et il lui faut plusieurs secondes pour se rappeler où elle se trouve. Dans un hôtel, en Bourgogne, pour l'enterrement de son frère que la grève des fossoyeurs a retardé d'une journée.

Diane von Fürstenberg ne s'est jamais retrouvée dans cette situation. Quand elle se réveille dans un hôtel, ce n'est pas à Tusy mais à Londres ou aux Bahamas. Les toilettes ne sont jamais hors service. Et, de tous les enterrements auxquels elle a assisté dans sa vie, aucun n'a jamais été repoussé à cause d'une grève d'employés municipaux…

Elle repense à la dernière publication de DVF sur Instagram, une photo de sa table de travail encombrée de livres d'art, de stylos hors de prix et de magazines de mode, accompagnée de la légende *Never stop believing in yourself* (Ne cessez jamais de croire en vous). Et, pendant un instant, c'est elle, Brigitte Couchoux, qu'elle imagine dans une robe de nuit légère et fluide évoluer dans le salon de sa villa du Connecticut, s’allumer une cigarette avec un briquet en or et sortir sur la terrasse en passant devant son portrait géant signé Warhol. Marc l’attend au bord de la piscine, plongé dans la lecture du *Wall Street Journal*…

Le claquement d’une portière la ramène à Tusy. Dans la cour de l’hôtel, une voiture démarre et s’éloigne. Elle attend de ne plus l’entendre pour relever la tête.

Bernard et l’homme en fauteuil roulant ne sont pas là, elle est seule dans la chambre. Elle attrape son téléphone posé sur le lit et écrit à son mari :

T’es où ?

Elle se redresse et, appuyée sur un coude, découvre deux messages reçus pendant sa sieste. Les deux sont de Marc. Voilà qui lui remonte le moral. Le premier dit *Missing you* et le second est une photo, une photo toute simple mais qui lui tire un sourire, celle de la porte de l’escalier de service où ils ont l’habitude de se retrouver à Pharmadiff. Il est au bureau et elle lui manque, c’est touchant. Elle réfléchit à une réponse quand elle reçoit celle de Bernard :

À la piscine

Et aussitôt :

de l’hôtel

J'avais compris, grogne-t-elle, avant de repenser à Marc. Elle doit lui expliquer qu'elle ne rentrera pas ce soir comme prévu, qu'ils ne se verront sans doute pas demain, mais avant cela, elle veut réagir à sa photo. Elle lève les yeux vers le plafond en quête d'inspiration quand elle reçoit :

> On prend l'apéritif, viens.

L'apéritif ? Mais quelle heure il est ? 18 h 12… 18 h 12 ! Elle a presque dormi deux heures. Pas étonnant qu'elle se sente ensuquée. Elle doit les rejoindre, d'autant que Gilberte a peut-être déjà fait son annonce. Elle se lève en se demandant ce qu'elle pourrait répondre à Marc. Rapidement, comme ça, c'est difficile… Qu'est-ce qui lui vient ? Une phrase, toute simple :

> J'ai envie de toi

Et, dans ses émojis, elle va chercher :

> 🍆🍆

C'est parfait. Et elle ne pourrait pas être plus sincère. Elle a envie de lui, elle a toujours envie de lui. C'est d'ailleurs fou quand elle y pense. Il est le seul homme à lui faire cet effet-là et il a fallu qu'il soit recruté par Pharmadiff et qu'on l'installe à trois bureaux du sien.

Elle jette son portable sur le lit, file dans la salle de bains, se rafraîchir, se brosser les cheveux, se frotter les joues pour leur donner un peu de couleur. À son retour dans la chambre, le téléphone ne lui signale pas de nouveau message. Marc n'a pas répondu. 18 h 16. Il doit rentrer chez lui. C'est ça, il doit être dans les embouteillages.

Elle enfile ses chaussures sans les mains, attrape son sac et se regarde une dernière fois dans le miroir de la salle de bains quand la porte de la chambre s'ouvre brusquement.

Bernard apparaît, triomphal.

— Ta-daaa !

Il est bourré ou quoi ?

— Qu'est-ce qui t'arrive ?

— Il m'arrive que je suis chaud comme la braise !

Il claque la porte avec le pied et s'approche de sa femme en déboutonnant sa chemise.

— Je vais te faire grimper aux rideaux, ma grosse poule !

Elle déteste quand il l'appelle comme ça.

— Bernard, arrête, tu me fais peur.

— Quoi, t'as plus envie ?

Il se retrouve face à elle, la chemise ouverte. La vision de ce torse tapissé de poils clairs, de ces larges tétons rose pâle, de cette peau blanche et molle, cette vision la fait reculer d'un pas. D'autant qu'elle a aussi eu droit à un échantillon de son haleine où les relents d'olive et de bière s'ajoutent à ceux, plus habituels, d'œuf pourri.

— Pourquoi j'aurais envie ?

— *J'ai envie de toi !* fait-il, alors que ses mains tremblantes d'excitation commencent à déboutonner son pantalon.

Alors, bien sûr, elle comprend. C'est à lui que, par erreur, elle a envoyé *J'ai envie de toi* et deux émojis aubergine. À son mari qui lui fait autant envie qu'une ponction lombaire et avec qui elle a eu un rapport sexuel pour la dernière fois il y a quatre ans (et encore, on peut difficilement qualifier ce qui s'est passé alors de rapport sexuel : elle l'a masturbé dans la salle de bains de leur chambre d'hôtel à Hammamet alors que Garance et d'autres clients du Radisson Resort et Spa les attendaient dans un minivan pour une visite de la médina – en deux minutes, c'était réglé). Voilà ce que c'est que d'échanger des textos avec son mari et son amant en même temps...

Comment justifier l'envoi de ce message ? Elle voulait lui écrire *J'ai envie de parler avec toi* et a omis de taper *parler avec* ? Quelqu'un lui a fait une farce et a utilisé son portable pendant qu'elle dormait ? Rien de tout cela n'a de sens. Et, d'ailleurs, ce ne sera pas nécessaire. Elle ne va rien expliquer. Elle va noyer le poisson. Elle y arrive très bien, en général.

— Allez, dit-elle, en attrapant son sac. Rhabille-toi, on y va.

Bernard se prête remarquablement à ce genre de pirouette.

— Mais... ?! fait-il.

Rien de plus. Ce n'est pas son genre d'insister. Ce qui vient d'arriver, il se l'expliquera comme il veut, de son côté. Et, l'air à peine contrarié, il reboutonne chemise et pantalon alors que sa femme, déjà à la porte, lui demande :

— Gilberte est en bas ?

— Oui... Tout le monde.

— Elle a parlé ?

— *Elle a parlé ?*
— Elle a annoncé sa donation ?
— Ah, euh, non.

Une minute plus tard, ils retrouvent les autres près de la piscine, autour d'une grande table de jardin en plastique blanc où traînent des verres contenant ce qui ressemble à du kir, quelques canettes de bière et deux coupelles d'olives vertes. Ils sont tous là, sauf le personnel des pompes funèbres et les voisins de Serge, la famille de gros dont elle n'a pas retenu le nom. Gilberte, qui n'a jamais autant ressemblé à la reine Victoria ; l'inamovible Mme Vilmotte ; Dédé et son air de sortir d'un film noir des années cinquante ; Garance, tirant sur la paille de son Coca ; sans oublier le prêtre, dont la lumière suave de cette soirée d'été adoucit encore les traits. Chacun écoute Arlette, qui s'exprime en caressant son yorkshire, assis sur ses cuisses, comme s'il l'aidait à trouver ses mots. Le chien semble d'ailleurs le seul à remarquer l'arrivée des Couchoux, qui s'asseyent sur deux chaises, un peu à l'écart.

— … tous les quinze jours, je me tapais l'aller-retour à Fontenay-le-Comte. Ça tombait le mardi. Eh ben, le dimanche soir, je commençais à avoir mal au ventre. J'avais des crampes qui m'empêchaient de rester debout. C'était mon mari, j'étais obligée d'y aller mais j'avais pas envie. Je savais jamais trop quoi lui dire au parloir, c'est surtout lui qui parlait, il me donnait des tas d'informations à faire passer à ses amis à l'extérieur…

Elle doit raconter sa rencontre avec Serge. Brigitte connaît l'histoire, Gilberte l'a déjà évoquée, mais c'est la première fois qu'elle l'entend de la bouche de la principale intéressée.

— Le parloir, c'était un tabouret devant une vitre, une petite tablette devant pour poser les mains et des cloisons de chaque côté pour faire séparation. Ils faisaient d'abord entrer les visiteurs, qui s'asseyaient où ils voulaient. Et, après, de l'autre côté de la vitre, ils ouvraient une porte sur la gauche, les détenus arrivaient et chacun allait s'asseoir en face de son visiteur. Ce jour-là, j'étais une des premières à entrer. C'était un hasard, j'avais rien calculé. J'ai pris le premier tabouret sur la gauche, ce qui fait que j'ai vu passer tous les détenus. Et l'un des premiers, c'était Serge. Comment vous dire ? J'ai vu ce type, j'ai vu son air, j'ai vu ses yeux, je savais pas qui c'était, je savais pas pourquoi il était là, je l'ai regardé, il m'a regardée et j'ai su que je voulais passer le restant de mes jours avec lui.

Elle s'arrête, soupire et reprend :

— Ça a pas été simple. Je pensais qu'à une chose, c'était de le revoir mais je savais pas qui c'était. Et je venais en prison voir mon mari, je m'imaginais pas demander au surveillant *Dis donc, c'est qui le type qui était assis là, l'autre jour ?* Pour être sûre de le revoir, je devais arriver la première aux visites, m'asseoir sur le premier tabouret et les voir passer tous. C'est ce que j'ai fait, deux semaines plus tard. Mais je l'ai pas revu. Il avait pas de visite. Alors j'ai commencé à venir toutes les semaines. Mon mari a pensé que je m'étais mise à l'aimer, d'autant que je me faisais toute belle. Et, un matin, ça a pas loupé, je vois Serge entrer dans le parloir. Je le regarde, il me regarde, je vois bien que ça lui fait plaisir de me revoir. Il va s'installer plus loin et, juste après, mon mari arrive. Il s'assied, commence à me parler, je me foutais complètement de ce qu'il me racontait, j'avais qu'une idée en tête, me lever pour aller voir Serge. Donc, à un moment, je dis à mon mari *Il faut que j'aille aux toilettes, ça peut pas attendre*, je demande au surveillant qui me fait *C'est bon*. J'y vais et, en chemin, je repère Serge. Je repère surtout la femme assise en face de lui. C'était vous…

Elle fait glisser sa main sur la toile cirée jusqu'à celle de Gilberte, qui se souvient :

— Ces allers-retours à Fontenay…

— Et, ce jour-là, je vous ai attendue devant la prison et je vous ai demandé de me parler de Serge, vous vous rappelez ? De me dire au moins comment il s'appelait. Et vous l'avez fait. On est allées au café et vous m'avez parlé de lui.

— C'est vrai. Je devais sentir que vous seriez bien pour lui.

Gilberte lui caresse le bras.

— Et après ? demande timidement Garance.

— Eh ben, après, on s'est écrit. Beaucoup. Tellement que, des fois, je recevais deux lettres le même jour. C'est bizarre d'écrire autant à quelqu'un qu'on connaît pas. Lui m'envoyait des poèmes, des chansons aussi qu'il enregistrait sur des cassettes… Et puis ils l'ont transféré à Angers. Ça me simplifiait la vie, à vrai dire, ça faisait moins long d'où je venais et, surtout, ça clarifiait les choses vis-à-vis de mon mari. Il m'aimait pas, cet homme-là. Jusque-là, je pensais que c'était normal vu que personne m'avait jamais aimé. Mais, une fois que j'ai rencontré Serge, changement de disque. D'un coup, je me suis sentie plus forte, j'ai eu moins peur de tout. Du jour au lendemain pratiquement, j'ai arrêté d'aller voir mon mari. La dernière fois, c'était pour lui dire que je voulais divorcer, faut voir ce que je me suis pris. Il m'a dit que ça allait pas se passer comme ça, que j'allais voir ce que j'allais voir, mais c'était du fla-fla. Serge l'a appelé, il lui a parlé deux minutes. Résultat, l'autre a signé les papiers sans faire d'histoire et j'ai plus jamais entendu le son de sa voix.

Bernard remonte ses lunettes sur son nez.

— Et il n'a jamais replongé ?

— Serge ? Jamais. Il avait changé. Ça change, un homme... Vivre dans un mobile home, ne pas avoir beaucoup d'argent, c'était pas son rêve au départ. C'est le rêve de personne. Et pourtant il était heureux. On était heureux. On avait ce qui nous fallait. La nature. Le silence. Et surtout, il m'avait moi et je l'avais lui. Quand vous êtes bien comme ça avec quelqu'un, vous n'avez besoin de rien d'autre.

Se retenant visiblement de pleurer, elle ajoute :

— Vous voyez, il pensait faire de grandes choses mais ce sont les petites qui l'ont rendu heureux.

— Est-ce que ce n'est pas toujours le cas ? dit le très beau prêtre en lui pressant la main.

Brigitte ne peut détacher son regard de la main ecclésiastique, qu'elle imagine sur son ventre. Pour la première fois de sa vie, elle aimerait être à la place d'Arlette, qui enchaîne :

— C'est revenu sur le tapis, y a pas longtemps. Un des gars qui avaient fait le coup de La Roche-sur-Yon a téléphoné à Serge. Francis, il s'appelait. Il était en prison, il avait un cancer, il téléphonait à tous ses copains avant de mourir. Comme c'était le seul de la bande que Serge appréciait, il est allé le voir à

Draguignan. Il lui a dit au revoir, il est revenu et Francis est mort trois jours plus tard. C'est la dernière fois qu'il a été en contact avec tout ça.

Comme une actrice attendant la fin d'une réplique pour entrer en scène, une jeune serveuse choisit ce moment pour apparaître sur la terrasse et annoncer en rougissant :

— Si vous voulez dîner…

Les voilà, peu après, réunis autour de deux tables jointes, dans une salle où le carrelage et les murs nus amplifient le moindre son. Alors qu'à un bout la serveuse fait le point sur la commande, Brigitte promène son regard sur les autres tables, toutes dressées et inoccupées, les serviettes en éventail dans les assiettes, les verres retournés, et se laisse gagner par un accès de tristesse.

Le récit d'Arlette lui a fait réaliser qu'elle méjugeait son frère, qui était certainement plus libre qu'elle se le figurait. Pourquoi s'obstinait-elle à le penser malheureux ? Quel besoin avait-elle de l'imaginer misérable, de répéter à qui voulait l'entendre que ce n'était pas une vie d'habiter dans un mobile home et pas un métier de conduire le bus d'un Ehpad ? Qui sait si, en le maintenant à distance, elle ne s'était pas privée d'une belle relation ? S'ils n'auraient pas pris plaisir à évoquer ensemble les rares souvenirs qu'ils avaient en commun ? Il est trop tard maintenant. Un frère, elle n'en aura jamais qu'un et il est parti.

Et puis elle ne pensait pas qu'Arlette et lui s'aimaient autant. Elle savait que leur couple était solide mais elle ignorait que c'était à ce point. *Quand vous êtes bien comme ça avec quelqu'un, vous n'avez besoin de rien d'autre*. De qui Brigitte peut-elle dire la même chose ? Avec qui se sent-elle si bien qu'elle n'a besoin de rien d'autre ? Personne. Sa fille l'insupporte, la moitié du temps. Bernard est comme un meuble dans sa vie, un meuble qu'elle voit tous les jours et dont elle se sert beaucoup, mais rien d'autre qu'un meuble. Quant à Marc, elle n'a avec lui d'autre intimité que sexuelle. Elle ignore qui il est vraiment. Elle ne sait pas où il a grandi, qui sont ses parents, elle ne connaît pas ses rêves, ses désillusions, ses habitudes. Ils parlent très peu et, quand ils le font, c'est toujours des trois ou quatre mêmes choses : le sexe de Marc, les seins de Brigitte, s'il porte un slip ou un caleçon, si elle a mis une culotte… Plutôt limitée, comme conversation.

Au départ de la serveuse, les langues se délient, les esprits s'éparpillent, on entend même un rire. Bernard montre à sa femme un jeu de casseroles en cuivre fixées sur un mur.

— Ce serait pas mal dans la cuisine à Flayosc.

Elle ne trouve pas, ça fait trop province à ses yeux, mais elle n'a pas l'occasion de répondre : une fourchette tinte sur un verre. Gilberte réclame leur attention. Elle obtient rapidement le silence, pose le verre près de son assiette et dit :

— Comme vous le savez, j'avais prévu qu'on soit tous réunis pour faire une annonce. Je pensais la faire demain après l'inhumation de Serge mais les événements font qu'on est rassemblés ce soir. C'est pareil, et même mieux finalement, vu qu'on est plus au calme ici que dans un café. Je vais donc vous dire ce que j'ai à vous dire.

D'un coup, la tristesse de Brigitte se volatilise. L'image du pavillon de la rue Guynemer lui vient, avec ses deux étages, ses fenêtres gris clair, son petit côté caserne. C'est comme si le sang se remettait à circuler dans son corps. Elle a envie de se lever et d'applaudir sa mère pour encourager sa prise de parole.

Surtout, ne pas oublier de la remercier. *Tu es sûre ? Tu as bien réfléchi ? Tu as tes amies, ton marché, tes habitudes au Creusot.*

Gilberte Blondeau

— Tout d'abord, merci à Gautier d'être resté ici avec nous pour pouvoir dire une prière demain au cimetière. Vous n'étiez pas obligé de le faire. Votre travail s'arrêtait après la messe à Sainte-Clotilde, vous avez accepté par pure générosité, soyez-en remercié… Mais j'en viens à ce que je veux vous dire.

Et là, le trou. Pas un mot ne se présente à son esprit alors qu'elle connaît par cœur ce discours qu'elle a répété des dizaines de fois ces derniers mois. L'émotion, sans doute. C'est une chose de déclamer pour soi-même dans le confort de sa chambre, c'en est une autre de le faire dans une salle de restaurant avec toutes ces paires d'yeux posées sur vous.

— Bah ça, alors…

Elle se tord sur sa chaise pour attraper le cabas qui y est suspendu, en sort une feuille de papier qu'elle déplie en tremblant et, alors, se met à déchiffrer :

— *Toute ma vie, j'ai été ce qu'on voulait que je sois, j'ai fait ce qu'on voulait que je fasse, j'ai eu ce qu'on voulait me donner. Toute ma vie, finalement, j'ai appartenu à quelqu'un. À mes parents, d'abord, de braves gens que j'associe tous les jours à mes prières mais qui pensaient qu'une fille n'a qu'une tâche, qui est de servir son mari de son mieux, en lui donnant notamment de beaux enfants. Je ne leur en veux pas, c'était une autre époque et ils m'aimaient à leur façon. De cette famille, je suis passée à une autre, celle que nous avons fondée avec mon mari, Georges Blondeau. Un homme travailleur, qui eut peu l'occasion d'exprimer sa bonté et en attendait de moi à peine plus que d'une couveuse ou d'un lave-linge. Le temps a passé et il m'a paru bien long. Puis, en l'espace de quelques années, tous ces gens sont partis, ils ont quitté ce monde ou ma maison et je me suis retrouvée seule. Mais, même s'il n'y avait plus personne chez moi pour me le dire, on attendait encore que je me comporte d'une certaine façon. Je n'avais qu'à attendre que mon heure arrive, qu'à me rapprocher lentement de la tombe en faisant le moins de vagues possible. Quelques courses dans la matinée, un petit somme après le déjeuner et la télévision dès la fin de l'après-midi. Que pouvait bien faire d'autre la femme de quatre-vingts ans que j'étais devenue ? Je m'y suis conformée, ça ne m'a pas réussi. Il y a quatre ans, comme vous le savez, j'ai souffert d'une dépression qui m'a valu de partir me reposer dans le Jura. Là-bas, on a tenté de me guérir en me faisant dormir, ce qui n'eut aucun effet. Ce n'était pas de sommeil dont j'avais besoin. Si je souffrais, c'est que je menais depuis trop longtemps la vie d'une femme que je n'étais pas.*

Elle retourne la feuille, ses mains tremblent moins.

— *Ce qui m'avait conduite dans cet endroit, c'était toute une vie de mensonges. J'ai fait le premier pas en le comprenant, Dieu a fait le suivant en m'envoyant Marie-Pierre. Ma chère Marie-Pierre, que j'appelais encore Mme Vilmotte à l'époque et qui, un jour, m'a rendu visite à Bellefontaine, un bouquet de jonquilles à la main. Avec elle, la lumière est entrée dans ma vie. Avec elle, d'un coup, les mensonges du passé me sont apparus avant de s'enfuir dans le noir comme des voleurs. Moi qui trouvais autrefois le temps long, je voudrais vivre cent autres années. Moi qui ne me sentais bien qu'en me glissant dans mon lit le soir venu, je fourmille de projets comme si j'avais cinquante ans. Je suis impatiente de l'avenir. De notre avenir. De son installation prochaine rue Guynemer. Du PACS que nous allons signer début septembre à la mairie du Creusot. De la croisière que nous ferons juste après sur les canaux de Bourgogne. Nous allons pouvoir vivre notre amour au grand jour, ne plus faire semblant de n'être que voisines. Le Seigneur m'a fait un bien beau cadeau dans le dernier chapitre de ma vie, je lui en rends grâce tous les jours. Je n'ai qu'un seul regret : que mon fils ne soit pas parmi nous pour m'entendre. Mais notre amour est si grand qu'il doit se voir de là-haut, où Serge, j'en suis sûre, se réjouit de mon bonheur.*

Elle renifle, plie la feuille, la dépose devant elle sur la table. La main de Marie-Pierre vient chercher la sienne et la serre. Alors, seulement, Gilberte lève les yeux sur l'assistance.

Arlette l'observe, heureuse. Garance la dévisage, Gautier aussi, Garance les yeux écarquillés et Gautier avec un sourire rappelant celui du *Saint Jean-Baptiste* de Vinci. Dédé tripote son oreille gauche qui apparemment lui pose un problème. Brigitte a tourné la tête et regarde l'autre côté de la pièce d'un air sévère. Quant à Bernard, il cligne nerveusement des yeux pendant quelques secondes avant de dire :

— Excusez-moi, qui va s'installer rue Guynemer ?

— Mme Vilmotte, lui répond Garance. Elles sont ensemble, t'as pas compris ?

— Ah oui, comme une aide à domicile.

— Non, pas comme une aide à domicile, répond Marie-Pierre. Aucune de nous n'en a besoin. On est ensemble, voyez. Comme vous et votre femme. On mange ensemble, on regarde la télé ensemble, on couche ensemble.

Bernard plisse le nez, comme s'il venait de sentir un époisses trop fait. Il n'a toujours pas l'air de comprendre. Ou, plutôt, il donne l'impression de penser qu'on lui fait une farce.

Dédé, qui en a fini avec son oreille, s'adresse à Marie-Pierre :

— Vous aussi vous étiez mariée dans le temps, non ?

— Oui, mais j'ai toujours joué dans l'autre équipe si je puis dire. Seulement, j'ai mis du temps à le comprendre. Je me disais *Ann-Margret danse vraiment bien* ou *Catherine Deneuve a des beaux cheveux* mais ça s'arrêtait là. Je pensais que c'était des remarques normales pour une femme. On n'enseigne pas ces choses-là. C'est bien dommage si vous voulez mon avis, ça permettrait à plein de gens d'éviter de souffrir inutilement. Quand je l'ai compris, j'avais plus de trente ans, j'étais déjà mariée, j'avais mes enfants. J'en ai parlé à mon mari qui m'a dit qu'il s'en doutait parce que j'avais les cheveux courts et qu'il n'avait jamais vu une femme qui s'ennuyait autant pendant l'amour. Entre nous, il aurait pu me le dire avant, ça nous aurait fait gagner du temps. Mais bon, il l'a bien pris, principalement parce que ça lui donnait une excuse pour aller voir ailleurs. On a attendu que le petit dernier quitte la maison et on a divorcé. J'avais déjà cinquante-cinq ans, vous imaginez. J'ai pris un appartement avenue de la République, qui n'est pas loin de la rue Guynemer, et c'est à ce moment-là que j'ai repéré Gilberte. Mais, bon, j'osais trop rien faire. Elle était mariée et puis elle en impose, Gilberte, quand on la connaît pas. Sans parler de la différence d'âge. J'ai quatorze ans de moins qu'elle, j'allais pas m'adresser à elle comme à une gamine. On s'est reniflées comme ça pendant un moment, je sentais bien des petites choses, des regards par-ci par-là, mais je me disais que je me faisais des idées, comme souvent. Le temps passe, Georges décède et, quelques années après, j'apprends par une voisine que Gilberte se repose dans le Jura. Cette fois, je me dis *Allez, c'est bon, j'y vais. Si je me prends un gadin, ma foi, ce sera pas la fin du monde*. J'achète un bouquet de jonquilles, je vais à Bellefontaine et voilà. La suite, vous l'avez sous les yeux.

Sa main, qui faisait toutes sortes d'acrobaties, se pose à nouveau sur celle de Gilberte.

— Je m'en doutais un peu, intervient Arlette. Un jour, en vous voyant débarquer à la Grenouillère toutes les deux, je me suis bien dit qu'il se passait quelque chose comme ça… Toutes mes félicitations pour votre PACS.

— Merci, font Gilberte et Marie-Pierre de concert.

— Vous ferez une petite fête ?

Avant que l'une ou l'autre ait le temps de répondre, Brigitte braque ses yeux sur sa mère.

— M'enfin, Maman, c'est pas sérieux !

— Qu'est-ce qui n'est pas sérieux ?

— Vous n'êtes pas… tu n'es pas… C'est une passade, c'est pas possible !

— Quoi, tu crois que parce que j'ai quatre-vingt-quatre ans je n'ai plus droit à l'amour ? Tu crois qu'à mon âge on n'a plus envie d'embrasser une bouche, de serrer un corps, de dire *Je t'aime* et de se l'entendre dire ? Tu crois qu'il y a une date de péremption pour tomber amoureuse, comme sur les yaourts ? Laisse-moi te dire une chose : c'est avant qu'il fallait t'inquiéter pour moi. Quand je me regardais dans la glace et que j'avais l'impression de voir une étrangère. Quand je buvais en cachette pour pouvoir supporter la vie avec ton père. Quand j'avais mal chaque fois qu'il se tortillait sur moi et que je ne disais rien parce que je pensais que c'était mon problème. Tu t'imagines un peu ? Pendant quarante-trois ans, ma vie, ç'a été ça. Pas quarante-trois heures ou quarante-trois jours, non : quarante-trois ans. À étouffer mes envies, mes désirs, mon plaisir. À les mettre dans une boîte et à ne jamais l'ouvrir. J'aime les femmes, je les ai toujours aimées. Je te le dis pour que tu le saches, pas pour avoir ton avis. Que tu trouves ça sérieux ou non, que tu sois d'accord ou non, que ça te choque ou non, permets-moi de te dire, ma petite chérie, que c'est le dernier de mes soucis.

Brigitte l'observe, bouche bée. Elle a la tête de quelqu'un qu'on a réveillé en pleine nuit parce que sa maison brûle. C'est sur le prêtre qu'elle jette son dévolu :

— Et vous, vous ne dites rien ? L'Église, le péché, tout ça…

Il lève sur elle ses beaux yeux clairs.

— À vrai dire, ce n'est pas une découverte. Le père Anselme m'a mis au courant.

— C'est qui, ça ?

— Le curé de Sainte-Clotilde. Je le remplace, exceptionnellement. Il est pour la célébration de l'amour dans toutes ses acceptions et je le suis aussi. *Quiconque aime connaît Dieu.*

— Qu'est-ce que ça veut dire ?

Gilberte répond à sa fille :

— Que l'amour est l'amour. Qu'il soit homme, femme, noir, blanc, jaune ou vert. C'est pour ça qu'on va à Sainte-Clotilde, avec Marie-Pierre, même si ça fait loin.

Elle hésite et ajoute :

— Tu le saurais si tu t'intéressais un peu à ce que je fais.

Brigitte, qui a baissé les yeux, donne l'impression qu'elle va pleurer. Gilberte, touchée, cherche à atténuer le choc de sa révélation.

— Ça n'a rien d'exceptionnel. Je ne pense pas que tu le saches mais ton père a aimé un homme avant de me connaître. Un certain Jean-Jacques, qui est devenu moine à l'abbaye de Taizé. Ils ont vécu ensemble à Orléans dans la petite chambre que Georges louait pendant ses études de pharmacie.

— Papy aussi était gay ? demande Garance.

— Non, lui répond Gilberte, il aimait les femmes mais il a aussi été amoureux d'un homme. Ça arrive.

— Attends, tu sors ça d'où ? lance Brigitte à sa mère.

— Mais de ton père lui-même. Il a été très bien sur ce point, il m'en a parlé très vite, avant notre mariage. Jean-Jacques et lui étaient amoureux, ils se sont beaucoup écrit. Les lettres sont à Houlgate, je te les montrerai à l'occasion.

À cet instant, Elvis, sur les cuisses d'Arlette, se met à aboyer pour une raison connue de lui seul.

— Chhh, fait sa maîtresse, en lui caressant le crâne.

Dédé observe le yorkshire avant de dire :

— Moi aussi, j'ai connu un homme. À Clairvaux, où j'ai été après Angers. Un gitan qui partageait ma cellule. Nanosh, il s'appelait. Les gitans sont pas très grands habituellement mais lui faisait un mètre quatre-vingt-seize. Il soulevait de la fonte toute la journée et le soir il me grimpait dessus. Je peux vous dire que je le sentais passer.

Personne ne réagit. Un raclement de gorge se fait entendre, il provient de Bernard qui s'adresse à sa belle-mère en clignant des yeux :

— Donc, Gilberte, vous n'avez pas l'intention de vous séparer de la rue Guynemer ?

Brigitte donne un coup sur la table qui fait sursauter tout le monde, sauter les couverts et aboyer Elvis.

— Mais ne demande pas ça ! Tu vois bien que ce n'est pas la question !

Bernard ne se démonte pas.

— Ça ne va pas de me parler comme ça ! Je te prierai de passer tes nerfs sur quelqu'un d'autre ! C'est pas de ma faute si ta mère aime les femmes et que ton père a couché avec un prêtre !

— Il n'était pas encore prêtre à l'époque, corrige Gilberte.

— Moi, je trouve ça trop bien que Mamie ait une amoureuse.

— Merci, ma chérie. Pourquoi vous voudriez que je me sépare de la rue Guynemer, Bernard ?

— On s'était dit que…

— On s'était dit rien du tout, tranche Brigitte.

— Si j'ai pensé me séparer de quelque chose, c'est plutôt d'Houlgate, fait Gilberte, en se tournant vers Marie-Pierre. Hein, on en a parlé.

— Oui. On pense vendre Houlgate pour agrandir la rue Guynemer. Ajouter une extension au salon, derrière. Une verrière. On pourrait gagner une trentaine de mètres carrés.

— Et ça ferait un beau jardin d'hiver.

La sœur de Serge, livide, parvient à articuler :

— Tu ne parlais pas de t'installer à Houlgate ?

— Je croyais que c'était pas le moment de parler de ça, lance Bernard.

Brigitte, suspendue aux lèvres de sa mère, ne réagit pas.

— Si, lui répond Gilberte, j'y ai pensé. Mais c'était avant.

Et, couvrant Marie-Pierre d'un regard aimant, elle ajoute :

— Quand je n'étais pas sûre.

Romain Baratte

— Elles n'appellent jamais.

Ils mangent des frites à l'avant du corbillard garé sur le parking d'un McDo en périphérie de Beaune, le jour décline, et Jean-Pierre vient de dire *Elles n'appellent jamais*.

Il sait bien que son collègue est la dernière personne à qui se confier quand on n'a pas le moral mais, de un, il ne voit pas à qui d'autre il pourrait parler ce soir et, de deux, le fait que cette phrase soit déprimante ne la rend pas moins vraie. Elles n'appellent jamais. Anaïs n'a pas appelé. Elle a reçu deux messages de lui, sept heures se sont écoulées depuis le dernier, elle n'a pas répondu, on peut raisonnablement penser qu'elle ne le fera plus. Elle est passée à autre chose, à la pièce qu'elle va répéter, aux réalisateurs qu'elle doit rencontrer, aux scénarios qu'on lui demande de lire. Son souvenir de l'employé funéraire qu'elle a croisé à Arnay-le-Duc s'efface inexorablement – bientôt, très vite, plus vite encore qu'on imagine, il n'en restera rien.

Autre truc bien lourd : les gens qui ralentissent en passant devant le corbillard pour le prendre en photo.

Tout à l'heure, un type est même descendu de son Kangoo pour poser, pouce levé, devant le fourgon, ce qui a valu à Jean-Pierre cet autre commentaire inspirant : *L'humanité me dégoûte.*

Il ne finira pas ses frites, les propose à son collègue, qui décline d'une petite voix. Ça n'a jamais été un boute-en-train mais, ce soir, il est particulièrement sinistre. Évidemment, Romain a passé la journée à lui parler d'une femme qui ne donne pas signe de vie…

— Je suis désolé.

— De ?

— Te prendre la tête avec Anaïs. Je voulais pas te faire penser à Annonciade.

— Oh, non, t'inquiète. C'est pas ça.

— Ah.

— C'est juste que…

Il semble hésiter puis se dire qu'avec Romain il ne risque rien.

— J'ai un traitement. Des médocs. Et comme je les ai pas avec moi, je vais pas pouvoir les prendre ce soir.

— Merde… Tu veux pas rentrer chez toi ?

— Comment ?

— Bah, avec le corbillard. Tu retournes au Creusot, tu prends tes médocs, tu dors là-bas et tu reviens très tôt demain matin.

— Je me vois pas faire quatre-vingts bornes, cent soixante allers-retours, avec le corbillard. Chargé, en plus. Je ne pense pas que Castagnier serait d'accord, et il aurait raison.

— Il n'est pas obligé de le savoir, Castagnier… Je peux te demander ce que c'est ?

— Ce que c'est ?

— Comme traitement.

— Oui, rien de méchant. Je prends un peu de lithium, mais si je loupe une prise, c'est pas grave. Du Seresta, aussi, pour me détendre. Et puis j'ai des bêtabloquants pour ma tension et du Daflon pour ma circulation. Mais tout ça, ça peut attendre. Le problème, c'est pour dormir. Je prends du Mogadon. Et, sans Mogadon, je peux pas fermer l'œil.

Quand même. Il se demandait pourquoi Jean-Pierre a en permanence la tête de quelqu'un qui se réveille d'une anesthésie générale, il a maintenant un élément de réponse.

Un rythme de basses étouffé se rapproche en faisant vibrer les parois du corbillard. Une voiture de sport blanche apparaît. La musique s'arrête, la vitre côté passager s'abaisse et un type portant une casquette Sox montre son visage émacié.

— Eh, frère, comment ça s'appelle ton bolide, là ?

Pourquoi il m'appelle « frère », ce con-là ? marmonne Jean-Pierre, réalisant que c'est à lui qu'il s'adresse. Puis il penche la tête au-dehors et répond :

— Un véhicule mortuaire. Ou corbillard.

— C'est pour mettre les morts ?

— Tout à fait.

— Quand les poulets t'arrêtent, ils ouvrent le cercueil ?

Jean-Pierre réfléchit et dit :

— Un cercueil, une fois fermé, ne peut être ouvert sous aucun prétexte.

Sans plus de cérémonie, Casquette remonte la vitre, remet la musique et s'en va, au son des basses qui s'éloignent.

Une autre voiture passe alors devant le corbillard, une R19 bordeaux dans laquelle Romain reconnaît des gens qui se trouvaient à l'église, tout à l'heure. Deux adultes et trois filles, tous obèses, noyés sous des sacs en papier marqués d'un M jaune, des sachets de frites et autres gobelets king size.

— Tiens, c'est pas… ? dit-il, sans finir.

— Si si, fait Jean-Pierre, avant d'ajouter cette autre phrase digne de figurer en bonne place au panthéon de ses remarques pêchues : L'existence n'est qu'un lent suicide.

La R19 disparue, il s'essuie la bouche, fait une boule de sa serviette en papier et la garde à la main. Puis il se tourne vers Romain qu'il observe en silence avant de dire :

— T'as raison. Je vais y aller. Je rentre chez moi et je reviens demain matin.

Une cigarette et vingt kilomètres plus tard, Jean-Pierre le dépose à l'hôtel avant de repartir au Creusot. Dans la cour, Romain consulte son portable. La nuit vient, le ciel est clair, la journée de demain sera belle et chaude mais Anaïs ne s'est toujours pas manifestée. Il a reçu deux SMS. Celui-là :

> Livraison gratuite en magasin et dès
> 25 € d'achats sur fnac.com

Et un autre de Flavien auquel il n'a pas envie de répondre, et pour cause, il lui demande : *Des news de la belle Monod ?*

Il fait défiler son fil Instagram mais, déprimé, arrête sans avoir vu toutes les nouvelles publications. Il entre dans l'hôtel, traverse la réception, la salle de restaurant et se retrouve côté jardin. Sur la terrasse, un couple d'étrangers dont il n'identifie pas la langue est attablé. Il se rend un peu plus loin, au spa, sorte de gros abri en verre où, devant une petite cabine de sauna éteinte, deux transats ont été disposés, à distance l'un de l'autre. Sur chacun d'eux se trouvent un petit oreiller, un drap et une couverture pliés.

Une ado arrive, juste après lui. Garance Couchoux, la nièce du défunt. Elle rit en disant qu'ils vont passer la nuit ensemble. Elle s'est procuré une deuxième couverture et lui explique que, s'il en veut une, elle sait où les trouver. Il lui répond que ça ira, la remercie et sort s'asseoir dans l'herbe, à quelques mètres de là. Il se renverse en arrière. Le spectacle grandiose de la voûte céleste se révèle à lui. Tout ce temps, il l'avait au-dessus de la tête sans s'en rendre compte. Il s'y perd puis ferme les yeux, réalisant que c'est la deuxième fois en deux jours qu'il est confronté à la grande beauté.

Plus tard, il est assis au bord de la piscine avec Garance, leurs pieds sont dans l'eau. Le couple d'étrangers est toujours sur la terrasse, pas très loin. Les gloussements de la femme assurent un fond sonore discret que le clapotis de l'eau complète agréablement.

Elle est drôle, Garance, on dirait un écureuil. Elle a les cheveux fauves et des taches de rousseur, ce qui n'est le cas d'aucun de ses parents. Elle est assez jolie, mûre pour son âge et surtout bavarde. Ça tombe bien, Romain a besoin qu'on lui change les idées. Elle raconte comment sa grand-mère de quatre-vingt-quatre ans a profité du dîner pour faire son coming out. *Un truc de ouf, tout le monde croyait que Mme Vilmotte était juste sa voisine, mais en fait c'est sa meuf.* Elle raconte ses parents, *trop relous*. Son père qui ne dit pas *week-end* mais *congé de fin de semaine*, qui déchiquette ses documents administratifs tous les deux ans. Sa mère, qu'elle trouve fausse et calculatrice. Elle raconte son oncle, surtout :

— Ce qui me rend triste, c'est de jamais avoir vraiment parlé avec lui. Il est mort tellement vite. On était tous là : *Hein, quoi, Serge est mort ?*

— Qu'est-ce que tu lui aurais dit si… ?

— Je sais pas. Que je l'appréciais. Que j'aimais bien passer du temps avec lui et Arlette. Et puis j'aurais voulu qu'il me raconte sa vie. Mes parents l'aimaient pas. En ce moment, ils font un effort parce qu'il vient de mourir… En fait, non, ils font même pas d'effort. Ils parlent toujours de lui en mal. Surtout ma mère, alors que c'est sa sœur, t'imagines. Elle comprenait pas sa manière de vivre.

— Il devait savoir que tu l'aimais bien.

— Oui, mais c'est quand même mieux de dire ce qu'on a à dire… Je suis allée chez lui, à la Grenouillère, aux vacances de février. J'y suis allée toute seule. J'ai pris le train et, à la gare du Creusot, un taxi. Il avait pas l'air bien, il m'a dit que c'est parce qu'il revenait d'un voyage qui l'avait fatigué. En fait, il était déjà malade, il le savait forcément mais il a rien dit. Et moi j'ai cru ce qu'il m'a dit, j'ai pas trop creusé la question, je pensais trop à son disque.

— Son disque ?

— Oui, il a fait un disque, y a genre hyper longtemps… Comment ça s'appelle, les petits disques qui tournent ?

— Un quarante-cinq tours ?

— Voilà. C'est pour ça que je suis allée le voir. Pour qu'il me donne son disque. Je voulais le mettre sur YouTube. Il en avait pas sous la main, il m'a dit qu'il allait chercher. Je sentais que ça lui faisait plaisir que je lui demande mais que ça le gênait en même temps. C'était pas un bon souvenir pour lui. Le disque a pas marché et il était tellement vénère qu'il a acheté tous les exemplaires qu'il a pu trouver pour les détruire. Avec le temps, il s'est un peu calmé mais, bon, on le trouve plus nulle part, son disque.

— C'était quoi, comme style de musique ?

— De la pop, genre Claude François.

— Mais… bien ?

— Je sais pas. Je l'ai entendu qu'une fois, quand j'étais petite, chez ma grand-mère. Une de ses amies était venue la voir avec le disque. Et elle est repartie avec. Je devais avoir dix ans, donc, la chanson, je m'en souviens pas trop. Peut-être qu'aujourd'hui je la trouverais pourrie mais, à l'époque, j'étais hyper impressionnée, j'étais trop fière d'avoir un oncle chanteur.

Elle se tait, observe ses pieds dans l'eau. Elle se tait et Romain s'en veut. De ne pas s'être intéressé à cet homme qu'il est chargé d'enterrer ; de se sentir si peu concerné par sa mort qu'il s'est autorisé à sortir, boire et danser, la veille, et n'a pas cru bon de dormir plus que quelques heures avant la cérémonie ; d'avoir si peu de considération pour son métier qu'il s'empresse d'ajouter *mais c'est temporaire* chaque fois qu'il annonce qu'il est conseiller funéraire. Il a envie de demander pardon à Garance, et aussi de la remercier de lui avoir confié sa peine parce qu'il se sent un peu meilleur maintenant qu'il la partage.

— J'ai fait une vidéo tout à l'heure, finit-elle par dire. Et je l'ai mise sur Insta. J'ai dit ce qui me venait. Que Serge était trop cool, que personne est venu à son enterrement et que je trouve ça trop triste.

Elle attrape son portable posé à côté d'elle, passe quelques secondes sur YouTube et repose le téléphone.

— Dix-neuf vues. Personne regarde mes vidéos. La plus regardée, celle que j'ai tournée quand mon chat Crapule est mort, a fait cinquante-quatre vues. Record absolu. Mais, bon, je m'en fous, des vues. C'est pas pour ça que je le fais.

Elle bascule en arrière, s'appuie sur ses coudes. Romain lève la tête et regarde le couple sur la terrasse. La femme, qui fume, lui donne envie d'une cigarette. Il se dit qu'il va aller en demander une à Jean-Pierre et il se souvient qu'il est rentré au Creusot. Il se gratte sa barbe de deux jours et, se surprenant lui-même, demande à Garance :

— Tu as vu le film *Coup de foudre à Notting Hill* ?

— C'est vieux, non ?

— Fin des années quatre-vingt-dix.

— J'étais pas née.

— C'est vrai.

— Pourquoi tu parles de ça ?

— Parce que ça raconte une histoire d'amour entre un type ordinaire et une star d'Hollywood. C'est Julia Roberts qui joue la star, tu dois la connaître.

— Oui, quand même.

— C'est une comédie romantique, vraiment pas le genre qui m'intéresse habituellement. Sauf que c'est ce qui m'arrive.

Garance se redresse.

— Sérieux ?

— Hier soir, à une fête pas très loin d'ici, j'ai rencontré une actrice. Une vraie actrice de cinéma, qui commence à avoir du succès.

Et il raconte. À cette môme de seize ans dont il n'est même pas sûr qu'elle a déjà aimé, il raconte le château à Arnay-le-Duc, l'apparition d'Anaïs, les heures qui passent beaucoup trop vite. Et aussi l'attente du message qui ne vient pas, *Comment ça valise ?, Je voul...*

— Elle t'a donné son numéro ?

— Oui, et elle a pris le mien.

— Fallait l'appeler. Les textos, c'est bien mais quand on se connaît déjà un peu.

L'évidence le frappe à son tour.

— Tu devrais l'appeler, enchérit Garance. Maintenant.

— Attends.

— C'est clair. Si elle décroche, tu lui parles en direct, c'est cool. Si elle décroche pas, c'est encore mieux, tu laisses un message où tu prends bien le temps de dire que tu t'es planté en envoyant tes messages. Avec de l'humour, tu vois. Et t'en fais pas un plat, tu passes vite à autre chose.

— T'as vu l'heure ?

— C'est une actrice. Toutes les actrices se couchent tard.

Il se dit que cette dernière phrase ferait un beau titre de film. Il se dit surtout qu'elle a raison et que c'est à elle qu'il aurait dû se confier aujourd'hui, à cette môme née avec un portable dans les mains plutôt qu'à un croque-mort dépressif auquel la vie inspire des phrases comme *L'existence n'est qu'un lent suicide.*

— Allez, dit-elle, en lui faisant signe d'aller passer son coup de fil un peu plus loin.

Il attrape son téléphone et s'éloigne de la piscine. Son cœur s'emballe, son souffle s'écourte.

— Respire, lui lance Garance.

Il inspire, cherche Anaïs dans ses contacts et presse le symbole vert sous son nom. Une sonnerie, une deuxième et une annonce se déclenche : *Anaïs Monod, merci de laisser votre message après le bip* (cette voix légèrement lasse et cassée, c'est celle qu'elle doit avoir au réveil, il en est sûr). Suivent un bip et le silence, dans lequel il se jette comme du haut d'un plongeoir :

— Bonsoir, Anaïs, c'est Romain. On s'est rencontrés hier soir à la fête de fin de tournage de ton film…

Excellente entrée en matière. Il est parfaitement à l'aise, sa voix est posée, son débit régulier.

— Pardon pour cet appel tardif mais je pensais à toi et me demandais comment…

Bip bip…

Double appel. C'est peut-être elle, auquel cas lui laisser ce message serait inutile. Il s'interrompt, jette un œil à l'écran du portable. Jean-Pierre cherche à le joindre. Il doit avoir un problème. Il le rappellera, décide-t-il, avant de reprendre son message à l'étoile montante du cinéma français :

— Désolé, j'ai eu un double appel. D'ailleurs, on s'en fout. Je te disais que je pensais à toi et me demandais comment tu…

Ding !

Un texto, cette fois. De Jean-Pierre, à coup sûr. Il s'est pris un platane. Il s'est pris un platane avec le corbillard et M. Blondeau à l'intérieur… Il doit lire le texto.

Romain, c'est l'horreur

L'appel au secours est bien de Jean-Pierre. En le découvrant, le cœur de Romain loupe un battement. Il replace le portable devant sa bouche mais il lui est impossible de reprendre le cours de son message avec, dans la tête, l'image de son collègue coincé dans la carcasse fumante du corbillard explosé contre un tronc d'arbre. Tout ce qu'il arrive à faire, c'est bafouiller :

— Anaïs, j'ai reçu un… J'ai un collègue qui… Je te rappelle, OK ? Je te rappelle.

Il raccroche, affligé.

Il vient de laisser ce message calamiteux à Anaïs Monod après lui avoir envoyé un texto lui demandant *Comment ça valise ?* et un autre disant *Je voul*.

C'est une malédiction.

Jean-Pierre Bétremieux

Après avoir écrit à Romain, il veut appeler les pompiers mais lâche le portable qui tombe sous le siège. Or, il ne peut pas se baisser pour le récupérer. Il ne peut pas bouger. Il doit rester parfaitement immobile, il n'a pas le choix.

Il relève doucement la tête et, au volant du corbillard arrêté entre deux lieux-dits sur la route du Creusot, le regard perdu, comme absorbé par le noir de cette campagne entamant sa nuit, il décide qu'il va se foutre en l'air. Ce qui lui arrive est l'une des pires choses qui peut arriver à un croque-mort. C'est tombé sur lui, voilà, c'est comme ça, sa carrière est foutue, sa vie est foutue, il ne se relèvera pas. Autant après le départ d'Annonciade, il pressentait que l'alcool et les tranquillisants lui seraient d'un grand secours, autant cette fois il n'a aucun espoir. Castagnier va le virer, les liens qui les unissent n'y changeront rien et il ne retrouvera pas de travail puisqu'aux yeux de tous il sera le maître de cérémonie à qui cette chose est arrivée. Ce n'est plus *drame de la solitude* qui tournera en boucle dans sa tête mais *faute professionnelle*, une faute grave qu'il passera le restant de ses jours à ruminer en plus des dommages et intérêts extravagants qu'il devra verser aux Blondeau et pour lesquels il s'endettera. La mort est le seul moyen d'échapper à ce cauchemar et, à vrai dire, il n'aura ni regrets ni trop d'hésitation : les satisfactions qu'il retire de l'existence sont insignifiantes à côté de l'horreur fondamentale qu'elle lui inspire.

Il fera les choses proprement. Asphyxié dans sa voiture ou emporté dans son lit par un mélange d'alcool et de tranquillisants. Pas question de se défenestrer, de se tirer une balle ou de se jeter sous un train. Il se met à la place des employés des pompes funèbres qui devront passer derrière et, dans le cas du train, longer les rails sur des dizaines de mètres à la recherche du moindre bout de viscères. Il écrira une lettre d'adieu à Annonciade, glissera un peu d'argent dans une enveloppe pour sa femme de ménage et disposera son contrat obsèques bien en évidence sur la table du salon.

Quoiqu'il existe un moyen plus simple et plus rapide d'en finir. Il suffit de bouger, de remuer sur le siège, de s'agripper à la poignée au-dessus de sa tête et de faire tanguer le corbillard. Qu'est-ce qui le retient ? Annonciade. Se donner la chance de la voir, lui parler, l'embrasser. Et puis fumer. Fumer une dernière cigarette. Ça, c'est possible, même si ça l'oblige à faire quelques gestes. Il prend le risque, tant pis, il en a trop envie…

Sa main droite lâche le volant, il la garde en l'air quelques secondes avant de la diriger vers la poche de sa veste tout en inclinant le haut de son corps vers la gauche. Le corbillard ne bouge pas. Rassuré, il tâte sa poche, qui est vide. Le paquet de Marlboro et le briquet sont posés sur le siège passager, il les voit du coin de l'œil. Il se redresse, mais trop vite. Le fourgon réagit en glissant en arrière dans un grincement terrifiant. Jean-Pierre étouffe un cri, se cramponne au volant et, pendant un instant, se dispose à mourir. Mais le corbillard s'immobilise et il vit encore. En ne bougeant que la tête, il consulte le rétroviseur intérieur : l'eau qui s'est infiltrée dans l'habitacle est sur le point d'atteindre l'extrémité du cercueil.

Il entend un air de musique, *El día que me quieras* interprété par Luis Miguel, et se demande d'où ça peut venir. De son portable, bien sûr, il en a fait la sonnerie de son téléphone la semaine dernière parce que ça lui rappelait les cours de tango qu'il a pris à une époque avec Annonciade. On cherche à le joindre. Il ne peut pas voir qui, le téléphone étant inaccessible, mais il devine que c'est Romain qui le rappelle. Luis Miguel s'arrête, quelques secondes s'écoulent dans un silence macabre et il entend le *bip-bip* bête et discipliné signalant un message qu'il ne peut pas écouter.

Il soupire, désespéré. Ce sont les médocs qui l'ont foutu dedans. Le cocktail de psychotropes parcourant ses veines en permanence. Déjà, le week-end dernier, il l'a fait s'endormir alors qu'il avait une omelette sur le feu. L'odeur de brûlé l'a réveillé en catastrophe, la poêle s'était enflammée. Ce soir, c'est en conduisant qu'il s'est assoupi. Oh, pas longtemps, une seconde, deux peut-être. Mais deux secondes ont suffi. Le corbillard s'est gentiment déporté vers la droite. Quand il a été trop près du talus, l'avertisseur de distance s'est déclenché, un *tut tut tut* hystérique. Il a ouvert les yeux, braqué le volant sur la gauche tout en freinant.

Le fourgon est parti dans l'autre sens en tournant sur lui-même comme sur une patinoire. Jean-Pierre, qui savait qu'un cours d'eau bordait la route de l'autre côté, s'est vu y tomber. C'est ce que le véhicule a commencé à faire avant de s'arrêter, d'un coup, dans une position qu'il a fallu un peu de temps à son conducteur pour comprendre : face à la route, perpendiculaire à elle, l'arrière dans l'eau comme s'il prenait un bain de siège, retenu par les branches ou la broussaille qui se trouvaient en dessous. Il pouvait ouvrir la portière et sortir mais c'était à coup sûr envoyer le corbillard dans le cours d'eau qui, même s'il n'était pas profond, devait l'être assez pour noyer le moteur et engloutir le cercueil. La seule chose à faire était bien d'attendre… Attendre quoi, qui ?

Il pense à la famille du défunt à laquelle il va falloir annoncer que les obsèques devront encore être reportées. Il pense à Raymond qui va devoir se faire à l'idée que, pour la première fois dans l'histoire des pompes funèbres Castagnier, un enterrement a été annulé parce qu'un maître de cérémonie a utilisé le corbillard à des fins personnelles, ce que le règlement interdit formellement. Il pense à la dépouille de M. Blondeau. C'est à elle, surtout, qu'il voudrait demander pardon. À ce corps qui n'aspirait qu'au repos dans un petit cimetière plein de charme et qui, après avoir passé une nuit sur un parking d'hôtel de seconde zone, va sans doute se retrouver dans l'eau…

Deux lumières qui crépitent dans le noir.

Deux phares dans le lointain.

En les voyant grossir, Jean-Pierre réalise qu'il n'a aucune envie de mourir et se fait une promesse : si par miracle il s'en sort, si M. Blondeau peut être inhumé demain comme prévu, il jure qu'il se prendra en main et deviendra un homme meilleur, digne d'Annonciade et de son amour. Ça n'arrivera pas, il le sent – ce qui s'est passé, il en paiera les conséquences toute sa vie. Mais bon, une promesse à soi-même, comme ça, dans le silence de la nuit, ça ne mange pas de pain.

Dédé

— Je voudrais vous montrer quelque chose.

Il n'obtient qu'une réaction, celle de Bernard Couchoux qui, assis devant la tablette sous la fenêtre, tourne la tête dans sa direction. Brigitte, ratatinée dans son lit comme si elle y était tombée de trois étages plus haut, ne bouge pas. Il ne fera sa démonstration que pour son mari, c'est pas bien grave.

— J'ai un petit souci d'oreille, dit-il. On m'a coupé la gauche y a quelques années. Celle que j'ai est une prothèse.

L'autre se met à cligner des yeux.

— Votre oreille gauche est une prothèse ?

— Oui, c'est ce que je viens de vous dire.

À cet instant, la Couchoux lève la tête pour regarder. C'est la première fois qu'elle se manifeste depuis qu'ils sont remontés du restaurant. La curiosité est trop forte, tu penses.

— Cette prothèse, reprend Dédé, je l'enlève pour dormir et je la range dans un petit boîtier sur ma table de chevet. Mais, ce soir, comme je n'ai pas accès à ce boîtier, je vais la poser par terre.

Suit une petite démonstration. Aussi simplement que s'il enlevait un dentier, il retire la fausse oreille, la montre à distance à l'un puis à l'autre Couchoux et la dépose au pied de son lit.

— Je préfère vous prévenir pour que vous soyez pas surpris en la voyant.

— Vous l'avez perdue en tombant sur les vitres ?

C'est madame qui a posé la question.

— Pas du tout. Rien à voir. Un chirurgien me l'a coupée. Au Maroc. J'avais un début de gangrène. Je m'étais fait mordre par un chien sauvage dans le Haut Atlas.

Brigitte fait la grimace puis se laisse retomber sur le lit comme si cette information lui fournissait une raison supplémentaire de se soustraire au monde.

Son mari remonte ses lunettes sur son nez et observe la prothèse posée par terre.

— Qu'est-ce que c'est, comme matière ?

— De la silicone, un truc comme ça.

— Et comment ça tient ?

— Il y a comme un cran au bout qui vient s'encastrer là, fait Dédé, en montrant les vestiges de son ancienne oreille.

— Remarquable, commente le beau-frère de Serge, avant de se replonger dans ce qui l'occupe – le pointage de reçus de carte bleue, apparemment.

Au fil des heures, il est devenu plus sympathique à Dédé tandis que sa femme a baissé dans son estime. Bernard est bizarre, bourré de tics, facilement mal à l'aise et, en plus, il a une haleine de vieux chien. Mais il a bon fond. Dédé est paraplégique et, à ce titre, a toujours besoin d'un coup de main. Il se débrouille tout seul mais c'est tout de même moins fatigant si on l'aide. Couchoux l'a accompagné aux toilettes, lui a ramené de l'eau, il lui a même demandé s'il avait besoin d'autre chose, une fois couché. Sa femme, rien, *nada*. Elle ne voit pas Dédé. Ou, plutôt, elle fait semblant de ne pas le voir, comme ces automobilistes qui se forcent à regarder droit devant eux en roulant sur les clous où un piéton est déjà engagé.

Madame est contrariée. Pensez-vous, sa mère de quatre-vingt-quatre ans aime une femme. Et son père a eu une histoire avec un gars. Ça lui a mis un coup à la pauvre chérie, d'imaginer Georges au lit avec un gonze. Il fallait la voir quand Gilberte a fait son annonce, elle est devenue grise. Surtout qu'elle s'attendait à ce qu'elle leur file le pavillon de la rue Guynemer et parte vivre dans son studio d'Houlgate. Résultat des courses, non seulement sa mère garde la baraque mais elle veut l'agrandir avec l'argent de la vente d'Houlgate. Il faut reconnaître que la vie a un sacré sens de l'humour.

Qu'est-ce que les Couchoux ont besoin de la rue Guynemer alors qu'ils ont déjà tout ce qu'il faut ? C'est bien un truc qui le dépasse. Pourquoi les riches en veulent toujours plus ? Ça ne les rendra pas immortels. Surtout qu'on le sait bien, tous les anciens braqueurs vous le diront – et ce sont des gars qui ont brassé des millions d'euros : le blé, c'est un mensonge qu'on se raconte à soi-même. La vraie richesse, on l'a en se promenant en bord de Saône au début de l'automne, en sentant le parfum du forsythia dans l'air du soir, en faisant rire ou frémir un gamin à qui on lit une histoire. C'est dans ces moments-là qu'on est vraiment puissant.

Mais ce serait trop simple si la vie était logique. Brigitte a beau le décevoir, elle continue de l'émoustiller. Encore plus, même, maintenant qu'il la voit pour ce qu'elle est : une bourge égoïste qui met son aisance au-dessus de tout, une nantie qui a renié ses origines provinciales, doit flatter les riches et mépriser les sans-le-sou. C'est comme ça. Plus ses défauts lui apparaissent, plus elle lui plaît. Plus elle l'irrite, plus elle l'excite. Mystères de l'érotisme.

Après la démonstration de la prothèse, elle passe dans la salle de bains. Ça va vite, forcément, quand on a ni brosse à dents ni vêtements de nuit. Elle en sort illico, vêtue de ses seuls sous-vêtements, une combinaison de satin noir et une culotte assortie. Dédé se trouvant sur son chemin, elle cache son corps de sa vue en tenant sa robe pliée contre elle. N'empêche, elle lui donne à voir l'arrière de ses cuisses et ses fesses qui tremblotent comme de la gelée anglaise sous sa culotte, vision qui le prive littéralement d'oxygène (il faut avoir à l'esprit qu'il n'a pas touché une autre peau que la sienne depuis bientôt dix ans et que la seule vision d'une épaule nue dans le bus lui fait frôler la syncope).

Elle se couche sans rien dire, comme si elle était seule. Elle rumine, ça se sent. Son mari finit ses comptes et, étant déjà en caleçon, se glisse direct dans le lit.

— Bonsoir, monsieur Coz, qu'il fait, avant d'éteindre.

— Bonsoir, répond Dédé, que ses pensées ramènent très vite à Brigitte.

Comme il n'a pas son respirateur, ses rêves risquent de finir en cauchemars, c'est ce que provoque l'apnée du sommeil quand elle n'est pas contrôlée. En attendant, il va rêver d'elle, c'est sûr.

C'est d'ailleurs en la revoyant sortir de la salle de bains qu'il se laisse gagner par le sommeil – dont le tire, quelques minutes plus tard, cette exclamation de la principale intéressée :

— Ah, ne me touche pas !

Bernard, qui a tenté quelque chose, s'est pris un vent.

Gautier Jantet

Il dira sa prière plus tard. Pour le moment, il veut juste s'étendre. M. Bétremieux n'est pas là, il ne l'a pas vu depuis qu'une jeune employée de l'hôtel leur a montré cette chambre où ils allaient passer la nuit. Ce n'est pas plus mal, il va avoir tout loisir d'ordonner ses pensées qui sont comme une foule grouillant dans sa tête. Il ouvre la fenêtre pour faire entrer l'air dans cette pièce suffocante puis revient vers les lits superposés, grimpe l'échelle instable et s'allonge en prenant garde de ne pas se cogner au plafond.

Immédiatement, sa conversation avec le père Anselme lui revient. Il l'a appelé en arrivant à l'hôtel, en milieu d'après-midi, alors que les chambres n'étaient pas encore attribuées. Le connaissant, il s'attendait à quelques reproches mais pas au flot de critiques qui s'est abattu sur lui. Il se revoit, tentant de faire bonne figure dans le hall de l'hôtel pendant qu'Anselme s'époumonait dans le téléphone. *Vous n'auriez pas dû les accompagner à l'hôtel, et puis quoi encore ?! Leur préparer à dîner, leur enfiler leurs charentaises ? Il fallait demander à un proche de vous ramener au*

Creusot ! C'était déjà bien gentil d'avoir accepté de dire une prière au cimetière... Vous leur donnez ça, ils vous prennent ça ! Gautier a tenté de le rassurer en lui expliquant que l'hôtel leur ferait cadeau de la nuit passée dans cette chambre normalement réservée à ses employés. *Encore heureux !* s'est exclamé le curé. *Il ne manquerait plus qu'on paie !*

Ce qu'Anselme lui reprochait surtout, c'était de le priver du portable de la paroisse, que Gautier avait pris avec lui et avec lequel il l'appelait. *Comment je fais si je dois aller à Torcy ? Je prends le téléphone du presbytère avec moi, je tire le fil sur six kilomètres ?* Sur ce coup-là, il était de mauvaise foi puisque, s'il passe sa vie à courir entre les deux paroisses dont il a la responsabilité, il n'en utilise pas pour autant le portable, qu'il déteste. Les rares fois où l'appareil s'est mis à sonner alors qu'ils étaient ensemble, il n'a jamais pris l'appel. *Ils appelleront le presbytère si c'est important...*

La vérité, c'est qu'Anselme n'en peut plus. Comme beaucoup de prêtres, sa situation est contradictoire, absurde, déprimante. Il a dépassé l'âge de la retraite mais ne peut la prendre puisqu'il n'y a personne pour le remplacer. Il a de plus en plus de travail mais voit, d'année en année, son auditoire se réduire comme une peau de chagrin. L'argent manque, les bancs se vident, les bénévoles disparaissent sans être remplacés et les édifices tombent en ruine (au sens propre : le coin d'un chapiteau s'est détaché dernièrement à Sainte-Clotilde – pendant la nuit, heureusement). Résultat, en plus de continuer à célébrer messes, mariages et enterrements, c'est au prêtre lui-même de faire sa cuisine et de s'occuper de son linge. Le père Anselme repassant lui-même sa chasuble ou astiquant au Miror l'antependium à Sainte-Clotilde : ces images seraient drôles si elles ne donnaient pas envie de pleurer.

Pour se soulager, il délègue de plus en plus à Gautier. Mais il est diacre, Gautier, pas prêtre. Sa mission est d'aller à la rencontre des plus démunis dans les quartiers, les dispensaires, les prisons. Chaque fois qu'Anselme lui confie la célébration d'un baptême ou de funérailles, il se sent mal à l'aise, dépassé par ce qu'on attend de lui. Les obsèques de M. Blondeau en sont l'exemple parfait. *On les préparera ensemble*, l'a rassuré Anselme. *Et puis c'est un petit enterrement, vous verrez, une famille simple et bienveillante.* C'est vrai, n'empêche que la vie de Gautier n'est plus tout à fait la même depuis une semaine. Il dort mal, rêve qu'il se retrouve sur l'autel en ayant oublié ce qu'il doit dire ou faire. Il a lu et relu les textes selectionnés pour la cérémonie jusqu'à les connaître par cœur. Il s'est même rendu à Sainte-Clotilde samedi dernier pour répéter, seul, ses déplacements dans l'église. Tout ceci a d'ailleurs fini par payer, les obsèques se sont passées aussi bien que possible, mais ce n'est pas la question…

N'y pense plus, se console-t-il, *demain est un autre jour.* Et, assemblant ses mains sur sa poitrine, il murmure :

— Mon Dieu, je vous offre le repos que je…

Un animal, quelque part, le fait s'interrompre, ouvrir les yeux. Un rongeur doit se déplacer dans le faux plafond.

— Mon Dieu, je vous offre le repos que je vais prendre. Faites que, loin de me livrer à…

Non, ce n'est pas un rongeur. Quelqu'un gratte à la porte de la chambre. Oubliant où il se trouve, il se redresse d'un coup et se cogne contre le plafond. Il se frotte le crâne tout en lançant :

— Une petite minute.

Descendu prestement du lit, il met de la lumière dans la pièce et observe ses vêtements posés sur une chaise. Il n'a aucune envie de les passer, il fait beaucoup trop chaud…

Il se penche vers la porte et demande :

— Qui est-ce ?

— Mlle Zanella.

La compagne du défunt. Il ne peut pas la recevoir en slip et maillot de corps.

— Donnez-moi une seconde.

Il décide de n'enfiler que son aube, et c'est en robe blanche qu'il ouvre la porte.

— Je suis vraiment désolée, dit aussitôt Mlle Zanella. Je sais qu'il est minuit passé mais faut vraiment que je vous parle.

À ses yeux bouffis, Gautier comprend qu'elle vient de pleurer et il la fait entrer. En trois pas, elle se trouve au centre de la pièce.

— Vous avez des lits superposés, note-t-elle.

— Oui. Je partage la chambre avec M. Bétremieux.

— M. Bétremieux, répète-t-elle sans raison.

— Il n'est pas là pour le moment.

Il y a un court silence et Gautier demande :

— Arlette, qu'est-ce que je peux faire pour vous ?

Ces mots sont sortis moins gentiment qu'il imaginait mais elle ne s'en formalise pas. Son visage est impassible, seuls les mouvements de sa poitrine traduisent son agitation intérieure.

Elle met quelques secondes à trouver ses mots.

— Il y a une chose que je voudrais savoir.

Elle s'arrête et reprend en chuchotant :

— C'est pourquoi vous parlez tout le temps de la miséricorde de Dieu alors qu'il a permis que Serge meure à soixante-quatre ans. Et puis je voudrais savoir aussi où il est allé exactement et si c'est possible qu'il y soit pas complètement parce que, moi, j'ai l'impression qu'il est encore là. Je le vois, je l'entends, partout, tout le temps.

Vraiment ? À cette heure-ci, dans cette chambre minuscule et surchauffée ?

Il gagne un peu de temps en libérant une chaise de la dalmatique et de l'étole qui reposaient sur son dossier. Arlette y prend place et lui s'assied sur le lit du bas, à côté de ses vêtements. Il y a de la délicatesse dans chacun de ses gestes.

— Il ne m'est pas facile de vous répondre. Votre souffrance et votre deuil ne concernent que vous. Je ne sais pas le chemin qui vous attend. Ce que je peux vous dire et qui vous aidera peut-être, c'est que la souffrance fait partie de la vie. Elle est inséparable de notre existence terrestre. Vivre, c'est souffrir en quelque sorte. Ce que je sais aussi, c'est que vous n'êtes pas seule dans cette épreuve, Arlette. Dieu a souffert et souffre avec vous. Jésus sur la croix, c'est ça, vous comprenez ? C'est pour vous, pour que vous ne vous sentiez pas seule dans cette épreuve que Jésus a eu si mal… Quant à Serge, eh bien, j'en ai parlé ce matin à l'église. Oui, il est parti. Et c'est parce qu'il est encore présent dans votre cœur que vous pensez le voir, l'entendre. Mais seule sa vie terrestre s'est achevée. Ne soyez pas triste pour lui, ne vous en faites pas pour lui, il est dans la vie de Dieu, dans l'amour de Dieu. Comme vous, comme moi, Serge est un enfant de Dieu, il est aimé de lui. Il est parti le voir mais, et il faut me croire, je ne dis pas ça à la légère, j'en suis sûr, aussi sûr que je vous vois assise en face de moi : vous le reverrez.

Il se tait, épuisé comme après un effort physique. L'expression sur le visage d'Arlette n'a pas changé, seul le clignement de ses yeux s'est accéléré.

Ce ne sont sans doute pas les réponses qu'elle attendait, elle voulait du concret, du précis. On reproche souvent à Gautier ses propos verbeux, détachés du réel… Comment leur faire comprendre que la religion n'est pas un distributeur automatique ? Qu'elle ne rend qu'à mesure de ce qu'on lui donne ?

Sans rien dire, Arlette se lève et se dirige vers la porte. Au dernier moment, sans même le regarder, elle laisse échapper :

— Excusez-moi encore pour le dérangement.

Il a envie de la retenir et de lui demander *Mais ça allait quand même ? Je vous ai un peu soulagée ?* Il n'en fait rien et se retrouve seul, stupidement vêtu de son aube au milieu de la nuit. Il passe un long moment sans bouger, déprimé, et lorsqu'enfin il se décide à se déshabiller, il entend le père Anselme aussi nettement que s'il se trouvait dans la pièce. *Vous leur donnez ça, ils vous prennent ça !*

Jean-Pierre Bétremieux

Ce ne sont pas les phares d'une voiture mais ceux d'un tracteur tirant une benne deux fois grande comme lui. Jean-Pierre ne distingue son conducteur qu'une fois que ce dernier, descendu, se plante au bord de la route pour l'observer, les mains sur les hanches. Il a une cotte à bretelles, un corps démesuré et une tête rappelant celle de maître Capello. Très vite, un adolescent le rejoint, son fils à coup sûr – longiligne, des cheveux pleins d'épis, même tête de hibou – qui considère le corbillard la bouche grande ouverte.

En ne bougeant que le bras, Jean-Pierre approche sa main gauche de la portière et baisse la vitre, à temps pour entendre l'adolescent demander :

— Il est mort ?

— Tu vois bien que non, répond l'autre, avant de s'adresser à Jean-Pierre : Comment vous vous êtes mis dans ce merdier ?

— J'ai pas le temps de vous expliquer, je peux glisser à tout moment.

Cette phrase, dite un peu fort, fait légèrement osciller le fourgon.

— Sortez de là, malheureux !

— Non, justement. Dès que je bouge, il remue. Si je sors, il ira direct dans la flotte.

— Il y est déjà un peu.

— J'ai bien remarqué. Est-ce que vous pourriez…

— Y a un cercueil ! coupe l'adolescent, qui a fait quelques pas sur le côté du fourgon.

— Y a un cercueil ? demande son père.

— Oui, répond Jean-Pierre.

— Avec quelqu'un dedans ?

— Oui oui.

L'agriculteur retire sa casquette (le haut de son front est plus clair que son visage et la limite bien visible). Jean-Pierre en profite pour demander :

— Vous auriez de quoi prévenir les pompiers ?

— Comme quoi ?

— Un téléphone.

— Bah oui, je vois pas comment je pourrais faire sans.

— Et ça vous dérangerait de les appeler ? Maintenant, par exemple ?

— Ça me dérangerait pas mais faudrait d'abord que j'aille chez moi prendre mon téléphone.

— Vous ne l'avez pas sur vous ?

— Ah, non. Je le prends plus quand je passe la journée aux champs, il se décharge trop vite. Et puis ça servirait à rien, je l'entends pas sur le tracteur.

Il remet sa casquette et ajoute :

— Sinon, j'ai de la corde, que j'utilise pour mes clôtures. Ça serait bien pratique pour vous sortir de là.

— Vous l'avez avec vous ?

— Non, chez moi.

— Et c'est loin, chez vous ?

— Aux Cannettes.

— Ça ne me dit rien.

— Vous voyez le bois de la Sourde ?

— Non.

— Vous voyez Vercilly ?

— Non.

— Vous connaissez rien, vous.

— Je ne suis pas du coin, je suis du Creusot.

— Ah, vous êtes du Creusot, comme si c'était l'explication de ce qu'il a sous les yeux. J'y ai été une fois, y a un moment de ça, voir mon parrain qu'était à l'hôpital. Comment qu'il s'appelle déjà, l'hôpital ?

— L'Hôtel-Dieu, répond Jean-Pierre, tout en constatant dans le rétroviseur que le niveau de l'eau est encore monté dans l'habitacle.

— C'est ça, reprend le paysan. Il avait attrapé une saleté… Comment ça s'appelle, c'te saloperie ? Un nom compliqué…

— La tuberculose, tente son fils, qui s'est assis sur le bord de la route.

— Mais non, ça, c'était du côté des Jacquet. Tu confonds toujours tout. Je parle de mon parrain, Lucien Charton. Tu l'as pas connu, t'étais pas né quand il est mort… Un truc en or… Non, pas en or, doré.

— Un staphylocoque, dit Jean-Pierre, agrippé à son volant.

— Voilà ! fait l'agriculteur, que cette réponse met brièvement en joie. Un staphylocoque doré. Ça lui avait tellement troublé les sens qu'il reconnaissait plus sa femme. Et sa fille, figurez-vous qu'il croyait que c'était…

— Et c'est loin d'ici, les Cannettes ? le coupe Jean-Pierre.

— Oh, non. Surtout si on coupe par Vercilly.

Il se tourne vers son fils.

— Hein, tu pourrais y aller en coupant par Vercilly ?

L'adolescent se renfrogne.

— Vas-y, toi.

Son père s'énerve.

— Tu vas faire ce qu'on te dit pour une fois ! Tu vois pas dans quel merdier il s'est mis, le pauvre gars ?

Là-dessus, il sort de sa salopette un jeu de clés qu'il lance maladroitement à son fils. Les clés atterrissent par terre, à plus d'un mètre du gamin, qui demande :

— Pourquoi tu me donnes ça ?

— Il te faut les clés de l'atelier. Faut prendre la corde qu'y a dans l'atelier. Celle qu'on a pris pour clôturer chez Testa la dernière fois. Allez, file !

L'autre prend les clés, se lève péniblement et s'en va avec autant d'entrain que s'il allait se faire stériliser. Jean-Pierre le regarde disparaître sur la route, comme englouti par la nuit.

— Vous êtes sûr qu'il vous a entendu ? Parce qu'il ne vous a pas répondu.

— Oh, il m'a entendu, vous en faites pas pour ça.

— Vous pensez qu'il en a pour longtemps ?

— Pour ?

— Arriver chez vous.

— Oh, pas plus de trois quarts d'heure. Enfin, s'il s'arrête pas chez sa copine qu'habite en chemin. La dernière fois qu'on lui a demandé de rentrer un âne qu'y a chez nous, on l'a pas revu pendant deux jours.

Il était chez elle. À cet âge-là, qu'est-ce que vous voulez… des vrais lapins.

Il retourne vers son tracteur dont il éteint les phares puis il ouvre la porte de sa cabine, s'enfonce dans son siège et, à la lumière laiteuse de la lune, se met à observer Jean-Pierre.

— Alors, comment vous vous êtes mis dans ce merdier ?

Dédé

Combien de temps est passé depuis qu'il s'est couché, il n'en sait rien, ça peut être vingt minutes comme deux heures, toujours est-il qu'il ouvre les yeux dans son lit, aussi reposé que s'il avait fait sa nuit et sans suffoquer, ce qui pourrait indiquer que son apnée du sommeil s'atténue.

Immédiatement, il pense à Brigitte. Il la sait endormie à moins de cinq mètres de là, il l'imagine en petite tenue, sur le dos, un bras en l'air, et il comprend que c'est ce qui a provoqué son réveil. Son inconscient refusait de continuer à ignorer sa présence. Et voilà cet inconscient qui lui rappelle une phrase entendue plus tôt dans la soirée : *Si je me prends un gadin, ma foi, ce sera pas la fin du monde*. Dormir dans la même pièce que Brigitte Couchoux constitue un événement majeur dans son existence, ça n'arrivera qu'une fois, demain il se retrouvera tout seul dans son deux-pièces aux murs jaunes du Puisoux, il n'est pas question qu'il reste comme un con dans son lit d'appoint. S'il se prend un gadin, ma foi, ce sera pas la fin du monde.

Sortir du lit et monter sur son fauteuil ne présentent aucune difficulté, le faire silencieusement est plus délicat mais il y arrive en prenant son temps. Bernard dort côté fenêtre, c'est une chance car le fauteuil n'aurait pas pu se glisser entre la fenêtre et le lit. Autre heureuse coïncidence : avant-hier, en prévision des obsèques, il a huilé ses roues qui ne grincent plus.

Il la trouve comme il l'avait imaginée, à quelques détails près. Le drap la recouvre plus qu'il ne pensait, ses deux bras sont rabattus par-dessus et, surtout, elle a les yeux ouverts et le regarde. Elle lui fait signe de ne rien dire et, sans perdre de temps, prend sa main droite qu'elle amène sous le drap, par-dessus sa culotte, sur son mont de Vénus. C'est chaud et doux, moite et moelleux, une des sensations les plus délicieuses qui soit. Plaisir réciproque apparemment puisque Brigitte se mord brièvement les lèvres avant de dire :

— Dès que je t'ai vu à l'église, j'ai eu envie de toi.

C'est très gentil mais elle l'a dit tout haut.

Chhh, fait-il, sans être sûr d'être entendu. La sœur de Serge dirige alors sa main sous la culotte de satin et lui fait accomplir un mouvement circulaire. Il est au paradis. Brigitte se raidit et, sans le lâcher des yeux, commande :

— Embrasse-moi, salaud.

Ce n'est pas l'envie qui lui manque mais il est gêné.

— J'ai pris la sole et je me suis pas lavé les dents.

— Je m'en fous de la sole, embrasse-moi !

Cette fois, elle a parlé trop fort. Son mari, à côté d'elle, relève la tête et découvre la scène, médusé. Dédé s'attend à une réaction violente de sa part mais n'arrête pas pour autant. Ce qu'il ressent est trop intense, pas question de s'en priver, même si c'est pour ne grappiller que quelques secondes de plaisir. Bernard Couchoux réagit effectivement mais pas comme il l'imaginait.

— À moi, maintenant, fait-il en poussant sa femme d'un coup de coude.

— Ça va, répond-elle en quittant mollement le lit. On n'est pas aux pièces.

Le beau-frère de Serge prend sa place sous les mains de Dédé qui se posent, d'un côté, sur sa poitrine velue et, de l'autre, sur son organe inerte.

— Embrasse-moi, réclame-t-il alors.

Il en est incapable. Ce qui le dérange, ce n'est pas tant le fait que Bernard soit un homme que son haleine dont il a remarqué la puanteur (à plusieurs reprises au cours de la journée, il a eu l'impression qu'il venait de vomir). Il veut reculer mais les roues de son fauteuil sont bloquées. L'autre en profite pour se redresser, l'attraper par la nuque et l'attirer vers lui…

— NOOON ! hurle Dédé, que ce cri fait sortir de son rêve.

Une autre protestation lui succède – FOUS LE CAMP ! –, elle-même suivie d'une plainte sourde.

Il ouvre les yeux, haletant. Son cœur cogne si fort qu'il le sent dans sa mâchoire, ses oreilles. Voilà ce que c'est que de dormir sans respirateur. Le manque d'oxygène provoque immanquablement un cauchemar dont il émerge le cœur battant si vite qu'il est certain qu'il va mourir.

À l'autre bout de la pièce, Bernard Couchoux allume la lampe de chevet de son côté et se frotte la tempe.

— Qu'est-ce qui s'est passé ?

Sa femme s'est assise dans le lit.

— J'ai cru que c'était Daech, répond-elle, hagarde.

Il ne faut pas être grand clerc pour comprendre ce qui s'est passé. Le hurlement de Dédé s'est immiscé dans un rêve de Brigitte qui, prenant son mari pour un terroriste, l'a frappé.

Il n'y a rien à ajouter, aucun commentaire à faire. De toute façon, aucun d'eux n'est assez réveillé pour dire quoi que ce soit. Brigitte se rallonge, Bernard éteint. Dans le noir, Dédé consulte sa montre à quartz qui indique 00:23 et, le temps de constater qu'il bande comme s'il avait quinze ans, il se rendort.

Il fait certainement plusieurs rêves qui ne laissent aucune trace jusqu'à ce qu'il se retrouve dans le pavillon de son enfance, à Bourgoin-Jallieu, où ses divagations nocturnes le mènent régulièrement. Il a une dizaine d'années et se prépare pour assister aux obsèques de Serge. Mais il fait traîner, et pour cause : depuis la fenêtre de sa chambre, il observe Brigitte qui se déshabille dans le pavillon d'en face. Elle s'apprête à retirer son soutien-gorge, c'est la première fois de sa vie qu'il verra une poitrine, pas question de laisser passer ça, quitte à arriver en retard à l'enterrement de son ami. Claudia, sa grand-mère, qui trompait son attente en sifflotant, finit par le rejoindre dans sa chambre. À l'instant où la sœur de Serge dégrafe son soutien-gorge, Claudia saisit le bras de son petit-fils et le secoue si fort que sa vision se brouille…

Ouvrant les yeux, il découvre le visage de Brigitte penché au-dessus de lui. Il se dit *Chouette, je vais enfin refaire l'amour* mais pas du tout.

— Vous pourriez arrêter de ronfler ?

— Ah, je ronflais ?

— Oui, c'est insupportable, ça fait une demi-heure que je siffle dans mon lit comme une conne pour vous faire arrêter.

— Je suis désolé.

— Oui, bah, pas autant que moi !

— C'est parce que j'ai pas mon respirateur.

Apparemment, elle s'en fout puisqu'elle est retournée se coucher.

Déçu, confus, plus du tout en érection, il consulte sa montre (02:03), bascule sur le ventre (c'est ainsi que sa mère obligeait son père à dormir lorsqu'il ronflait) et passe un moment dans cette position inconfortable à penser successivement : à la sauce trop citronnée de la sole qui lui file des acidités ; à ce lit d'appoint minuscule où, quelle que soit sa position, il a toujours une main dans le vide ; au fait qu'il n'a pas à se plaindre puisque apparemment il ne paiera pas cette nuit d'hôtel (la patronne de l'établissement, à qui il a révélé le montant de sa pension d'invalidité, lui a fait comprendre qu'elle inclurait le prix de sa nuitée dans la facture de Bernard Couchoux) ; à cette insomnie qui se prolonge ; au Nounours de son enfance passant sur son nuage au-dessus de barres d'immeubles ; à Serge, qui ne peut plus souffrir d'insomnies ; à sa sœur, qui est décidément une belle plante ; et à son envie de se masturber, qui est la dernière chose à faire même si ça l'aiderait certainement à trouver le sommeil.

À cet instant, dans le silence de la nuit, se fait entendre une série de petits pets inoffensifs, équivalents sonores des ricochets d'un caillou sur l'eau, dont il est impossible de dire de quel Couchoux ils émanent.

Comme si c'était un signal, ils sont suivis d'un bruit de moteur. Pendant quelques secondes, une voiture se garant dans la cour de l'hôtel promène la lumière de ses phares sur un mur de la chambre. Un diesel, apparemment. Dédé consulte sa montre (03:39) et se demande qui peut bien rentrer à cette heure. Il obtient sa réponse, quelques instants après, en entendant deux hommes chuchoter dans le couloir et l'un d'eux monter à l'étage. Ce sont les gars des pompes funèbres, le vieux qui a l'air d'avoir une hépatite et le plus jeune qui ressemble à un ménestrel. Ils sont sortis en pleine nuit, espérons que ce n'était pas avec le corbillard. Quoique le bruit de moteur y ressemblait bien. Sortir entre deux cérémonies funèbres avec le corbillard transportant le corps qui va être inhumé, faut vraiment n'avoir aucune conscience professionnelle…

Ces péripéties le distraient suffisamment pour qu'il se rendorme. Et, de la même façon qu'il ne s'en aperçoit pas, il n'a pas la moindre idée du temps qui s'est écoulé quand il entend le beau-frère de Serge hurler :

— QUATRE-VINGT-UN EUROS !

À quoi, Dédé, encore bien endormi, rétorque illico :

— TU VAS LA FERMER, TA GUEULE !

Après ça, il ne dort plus. Les Couchoux non plus, certainement. Comme lui, chacun d'eux doit se tenir immobile, de son côté de lit, les yeux grands ouverts, pétrifié par la gêne… Mais la gêne, ça va bien cinq minutes. Il attrape sa montre, qui indique 05:38. Le jour ne va pas tarder à se lever. Il ne se rendormira pas et, en plus, il a envie de pisser.

Il s'assied dans le lit, ses muscles sont douloureux et il sent son cœur battre dans ses articulations, comme chaque fois qu'il est fatigué. Il bascule sur le fauteuil, débloque les roues et prend la direction de la salle de bains. Au dernier moment, il se souvient que les toilettes sont hors service et qu'il faut utiliser celles du couloir. Il fait demi-tour, ouvre la porte et sort de la chambre, quand une vision extraordinaire le fait s'arrêter net.

Au bout du couloir, dans la pâleur bleutée de cette fin de nuit, Brigitte sort des toilettes. On entend un bruit de chasse d'eau qu'elle assourdit en fermant la porte quand une autre s'ouvre, sur sa droite. Le très beau prêtre sort de sa chambre dans l'idée, certainement, de se rendre à son tour aux toilettes. Elle est toujours en petite tenue, lui porte son aube blanche mais sans l'étole verte qui la recouvrait hier. En la voyant, il la salue. La sœur de Serge s'abstient de lui répondre tout en allant à sa rencontre. Quand elle se trouve assez près, elle plaque une main sur sa poitrine. Il dit quelque chose que Dédé n'entend pas, lui, et que Brigitte interrompt en posant sa main libre sur sa bouche. L'autre, elle la fait descendre jusqu'à son entrejambe dont elle effleure les contours à travers l'étoffe blanche. Puis, n'y tenant plus, elle saisit sa tête des deux mains et l'embrasse sur la bouche. Le prêtre se laisse faire comme si la surprise l'empêchait de réagir. Le baiser dure quatre ou cinq secondes – ce qui, pour un baiser, est assez long – après quoi la Couchoux reprend le chemin de sa chambre comme si rien de tout cela n'était arrivé.

Dédé, tel un mollusque se rétractant dans sa coquille, fait marche arrière. Quand, quelques secondes plus tard, Brigitte se glisse dans le grand lit, il n'a pas eu le temps de se coucher et est encore assis dans son fauteuil. Elle ne s'en aperçoit pas. Il est vrai qu'à ses yeux il est transparent.

Garance Couchoux

Il fait carrément beau. Le soleil fait scintiller l'eau de la piscine, l'air déjà tiède charrie un parfum de pinède, on dirait un matin de vacances en Provence.

Elle va faire une vidéo. Oui, voilà. Après le petit-déj, elle se filmera. Peut-être même qu'elle demandera un coup de main à Romain, lui qui adore le cinéma. Il est trop sympa. Ils ont parlé longtemps hier soir et elle a trop kiffé. C'était la première fois que quelqu'un de plus âgé qu'elle mais pas complètement vieux se confiait à elle, partageait ses rêves, ses déceptions, sa vision de la vie, et c'était hyper intéressant. Sans parler de son métier. Être confronté à la mort et à la souffrance des autres, comme ça, tous les jours, c'est juste énorme. À un moment, elle s'est dit que c'est ce qu'elle voulait faire, conseillère funéraire. Réconforter les gens, les accompagner dans cette étape de leur vie, et même s'occuper des corps, les nettoyer, elle a pensé que ça lui plairait. Et puis Romain est entré dans les détails, il a expliqué qu'on mettait du formol dans les cadavres pour éviter qu'ils se décomposent, qu'on retirait tous les gaz présents dans le corps avec une grosse seringue, qu'on bouchait les orifices avec du coton pour éviter les écoulements, et elle ne s'est plus du tout vue travailler dans cette branche.

Elle aimerait qu'ils restent amis après l'enterrement mais elle n'est pas sûre qu'il en ait envie. Ils ont onze ans de différence, c'est juste énorme. Et puis il doit lui en vouloir de l'avoir encouragé à appeler Anaïs hier soir. Peut-être, elle n'est pas sûre, ils n'en ont pas reparlé. Il attendait des nouvelles de son collègue qui avait un problème, elle est allée se coucher, et quand elle s'est réveillée, alors que le ciel commençait à blanchir, il était dans le spa mais dormait.

Elle l'a regardé, à ce moment-là. Elle l'a regardé longtemps. C'était la première fois qu'elle passait la nuit avec un homme qui n'était pas son père ou son cousin et elle voulait voir à quoi ça ressemble quand ça dort. Chacun était sur son transat, d'accord, mais ils étaient dans la même pièce, pas loin l'un de l'autre, c'était vraiment comme s'ils dormaient ensemble. Il était tourné de son côté, les deux mains jointes sous le menton, la bouche ouverte, le visage inexpressif. Elle ne pouvait pas détacher ses yeux de lui et elle n'avait qu'une peur : qu'il ouvre les siens sans prévenir. Elle avait hyper envie d'aller le rejoindre, de l'enlacer par-derrière, de sentir l'odeur de ses cheveux, elle aurait trop aimé ça. Lui, sans doute, moins. De toute façon, y a pas de place pour deux sur un transat.

En longeant la piscine, elle voit M. Coz qui s'y baigne, assis dans une bouée qui ressemble à un donut géant. Au bord, son fauteuil attend. C'est ouf ce qu'il arrive à faire seul sans l'usage de ses jambes. Elle lui fait signe de la main, il ne lui répond pas, il doit avoir les yeux fermés derrière ses lunettes de soleil.

Elle adorerait se baigner mais c'est juste pas possible, le jour de l'enterrement de son oncle. M. Coz le fait, c'est vrai, mais c'est pas pareil : il est paralysé, il a le droit de profiter un peu. Et, surtout, il n'a pas de parents sur le dos pour criser dès qu'il fait un truc cool. C'est pas grave. À la place, elle fera une vidéo. Elle trouvera un coin tranquille dans le parc et se filmera.

Ça lui fait penser à sa vidéo d'hier, qui n'est vraiment pas un succès. Vingt-deux vues. Vingt-deux vues et zéro commentaire. Enfin, si, un commentaire, trois cœurs de Mélane, mais ça ne compte pas, elle met des cœurs à toutes ses vidéos, Mélane. Franchement, elle est dégoûtée. Les gens sont en vacances, ils ont envie de penser à autre chose qu'aux obsèques d'un homme de soixante-quatre ans, elle s'en doutait mais elle pensait qu'ils seraient quand même plus nombreux à s'intéresser à ce qu'elle fait. Ça la déprime tellement qu'elle a laissé son portable au spa. Après le petit-déj, elle regardera le nombre de vues et, si elle n'en a pas au moins vingt-cinq, elle supprimera sa vidéo. Elle n'aime pas faire ça, ça ne lui arrive pas souvent, mais vingt-deux vues, c'est juste pas possible.

Elvis la guette derrière la porte vitrée du restaurant. Elle ouvre, il lui fait la fête. Elle le caresse un peu et, en se redressant, découvre un grand buffet le long du mur de droite. Comme en Guadeloupe, l'année dernière. On prend un plateau, on se sert et se ressert tant qu'on veut. C'est moins grand qu'en Guadeloupe, forcément, mais y a quand même du fromage blanc et des œufs à la coque. Elle est trop contente.

Y a peu de monde dans la salle, il est encore tôt. Près de l'entrée, une femme seule qui, en l'apercevant, fait *Allô !* comme si elle décrochait le téléphone très contente (ça doit vouloir dire *bonjour* dans sa langue). Et, de l'autre côté, vers le buffet, Arlette, Gilberte et Mme Vilmotte, à la même table. Elle les rejoint, les embrasse, donne des nouvelles de sa nuit puis demande si elle peut s'asseoir sur la chaise libre en face de sa grand-mère.

— Bien sûr, lui répond Arlette. C'était la place d'Elvis mais je sais pas où il est passé.

— Il est sorti quand je suis entrée.

— On avait fermé pour pas qu'il aille embêter Dédé.

Garance tourne la tête en direction de la piscine où M. Coz flotte dans la même position que plus tôt, pas embêté par le chien qui n'est visible nulle part.

— Tu veux que j'aille le chercher ?

— Non, t'inquiète, il vit sa vie… Regarde plutôt ça.

Elle lui montre un petit texte dans une édition du *Journal de Saône-et-Loire* ouverte à la page Carnet du jour.

> ***M. Serge Blondeau***
> *décédé le 25 juin dernier,*
> *dans sa soixante-quatrième année,*
> *sera inhumé ce jour, à dix heures,*
> *au cimetière de Tusy.*

— Comme l'avis n'est pas passé à cause de la grève, ils ont publié ça ce matin.

— J'adore ! Mais comment ils ont fait pour savoir que Serge a pas été enterré hier ?

— On les a appelés, répond Gilberte. Hier, en arrivant ici. On voulait savoir ce qui allait se passer avec l'avis. Et quand on leur a dit que l'inhumation était reportée, ils ont proposé ça.

— C'est trop bien.

Arlette la regarde, émue.

— Comme ça les gens sauront.

Garance lui caresse le bras puis elle lui rend le journal.

C'est pas tout ça mais elle meurt de faim. Elle attrape un plateau et se poste devant le buffet… Oh, y a même des petits pains aux raisins !

En revenant au spa, elle trouve Romain assis dans l'herbe, comme hier soir, le nez dans son portable. En la voyant, il lui sourit tristement.

— Tout le monde est levé ?

— Tout le monde, je sais pas, mais Arlette, Gilberte et Mme Vilmotte, oui.

— Je vais y aller.

Elle s'assied à côté de lui.

— T'as dormi comment ?

— Pas assez… Et toi ?

— Trop bien.

Elle s'entend lui demander s'il a des nouvelles d'Anaïs mais c'est évident que non. Il n'aurait pas cette tête-là si elle lui avait écrit. Hier soir, après son départ, elle a passé un moment à regarder des photos d'elle sur Internet. Elle ne l'imaginait pas comme ça, elle la voyait plus jeune, plus ronde, moins sérieuse (encore une qui doit sourire quand elle se brûle). Elle a trouvé qu'elle n'allait pas du tout avec Romain mais elle sent bien qu'elle manque d'objectivité.

— On part à quelle heure ?

— Oh, pas avant neuf heures et quart.

— On a un peu de temps.
— Oui, le cimetière est juste à côté.
— Ils parlent de Serge dans le journal.
— Ah bon ?
— Oui, ils ont publié un petit texte, genre *M. Blondeau sera enterré aujourd'hui à Tusy*. Ça remplace celui qu'est pas paru à cause de la grève.
— C'est bien.
Au même moment, un portable fait *Ding !* C'est le sien, qu'elle a laissé à l'intérieur du spa. *Ding !* signale un texto.
— Ça n'arrête pas depuis cinq minutes, dit Romain.
— C'est mes parents qui veulent savoir si je suis réveillée, laisse tomber.
Ding ! refait le téléphone.
— Ils insistent, dit Romain, en se levant.
— Ils sont relous.
Il semble sur le point de répondre mais non, il ne dit rien et s'en va. Elle le regarde s'éloigner vers l'hôtel puis elle se lève et va récupérer son téléphone qui, surprise, affiche toutes sortes de notifications. Des textos, mais aussi des messages via Facebook et WhatsApp. Quant à l'activité sur son Instagram, c'est carrément du délire. Cinquante et une personnes lui ont écrit, cent quatre-vingts se sont abonnées à son compte, deux cent soixante-deux ont aimé ses publications !
Sa bouche s'assèche, ses mains deviennent moites. Elle se dit que ça doit avoir un rapport avec sa vidéo d'hier et, effectivement, en cliquant sur sa photo de profil, elle constate qu'elle a été vue plus de dix mille fois ! Dix mille quatre cent quatre-vingt-deux fois ! C'est forcément une erreur, sa vidéo sur la mort de Crapule a fait cinquante-quatre vues et c'était un

record, il doit y avoir un bug Instagram qui multiplie tous les chiffres…

Ding !

Elle s'assied au bout de la chaise longue, elle ne pourrait pas rester debout. Elle a reçu un texto de Jordan, son meilleur ami, et entame avec lui une conversation qui lui donne l'explication de ce qui est en train d'arriver.

Il y a une heure, Mélane, son autre meilleure amie, a transféré sa vidéo d'hier à Scooby, *comme ça, pour voir*. Scooby, de son vrai nom Yoann Raymond, est un YouTubeur star qui frôle les cinq millions d'abonnés. Ses vidéos sont à la fois drôles et émouvantes. Un jour, il parle du défi que représente le changement de couches pour un papa ; un autre, il organise une collecte de fonds pour payer des nuits d'hôtel à un SDF de son quartier. Allez savoir pourquoi ce gars-là, qui doit recevoir des centaines de messages par jour, a été touché par la vidéo que lui a envoyée Mélane et l'a partagée sur Twitter, il y a une demi-heure, accompagnée du texte suivant :

> On envoie tout notre amour à la jolie Garance. Courage pour l'enterrement de son oncle qui avait l'air d'être un mec bien 🙏🖤😚

Garance n'est pas sur Twitter mais Jordan lui a envoyé le lien. Elle en lit et en relit chaque mot en se disant que ça ne peut pas être réel. Elle, Garance Couchoux, élève en seconde au lycée Jean-Jacques-Rousseau de Sarcelles, fait l'objet d'un tweet de

Scooby qui, en plus, la trouve jolie. Elle n'ose même pas imaginer le nombre de gens qui vont lire ces mots, voir sa vidéo, découvrir son nom et son visage…

Ding !

Elle relève la tête en direction de l'hôtel. Elle ne voit plus Romain mais Gilberte et Mme Vilmotte, côte à côte sur la terrasse, contemplant un pot de géraniums. Puis cette image se brouille. Elle pleure. Elle pleure, évidemment. C'est que, pour la première fois de sa vie, elle a vraiment l'impression de compter.

Romain Baratte

Il ne peut rien avaler d'autre qu'un espresso qu'il boit debout, devant le buffet, en observant la mère du défunt et sa compagne marcher côte à côte sur la terrasse. Ces deux femmes, dont une a plus de quatre-vingts ans, ont réussi à se trouver, et lui, hétérosexuel de vingt-sept ans, n'a même pas été foutu d'établir le contact avec son pendant féminin. Il en pleurerait s'il pouvait. Il pleurerait pendant une dizaine de minutes et de manière très sonore en pensant à la chance qu'il a laissée passer, aux souvenirs dont il s'est privé et, plus généralement, au fait qu'il est conseiller funéraire au Creusot alors qu'il rêverait d'être scénariste partout ailleurs. Seulement, il doit se préparer. Il pose sa tasse sur le buffet et prend le chemin de la réception, quand il est arrêté par l'homme en fauteuil roulant, qu'il n'a pas vu arriver.

— Vous n'avez pas vu Elvis ?

C'est quoi, cette question ?

— Vous voulez dire *en concert* ?

— Non, je parle pas du chanteur. Elvis, le chien d'Arlette. Je suis sûr que c'est lui qui a pris mon oreille.

Ce type est fou.

— Mon oreille gauche, c'est une prothèse. Comme je me suis baigné tout à l'heure, je l'ai posée au bord de la piscine et, quand je suis sorti, elle y était plus. Je suis sûr que c'est lui qui l'a prise.

En disant cela, il retire la main qui lui couvrait l'oreille gauche. Romain constate qu'effectivement il ne lui reste qu'un petit bout de cartilage, peu ragoûtant mais moins répugnant qu'il pouvait s'y attendre.

— Non, je n'ai pas vu Elvis.

L'autre s'énerve dans son fauteuil :

— Je vais pas avoir l'air con, moi, maintenant ! On aurait été en hiver, j'aurais pu mettre un bonnet. Mais comme par hasard, ça m'arrive en juillet !

Romain est désolé mais il ne voit pas ce qu'il peut faire. Lui-même est parfaitement déprimé, il était sur le point d'éclater en sanglots il y a vingt secondes. Il ignore ce qui est plus grave, d'avoir égaré son oreille de substitution ou de ne pas recevoir de message de la femme de ses rêves. Ce qu'il sait, c'est qu'il n'est pas disposé à écouter cet homme qui se met à lui raconter sa vie :

— Heureusement, c'est remboursé. En 2010… Non, attendez, c'était en 2009. Oui, c'est ça, ils avaient pas encore construit la rocade qui va à Carrefour…

— Continuez à chercher, le coupe Romain. Je suis sûr que vous allez le trouver.

Il le plante là et, en sortant de la pièce, a un autre genre de vision : la mère de Garance arrivant d'un pas martial, les cheveux en vrac et les yeux gonflés de fatigue.

Il s'arrête, la salue, lui demande si elle a bien dormi. À quoi elle répond, en le dépassant :

— Tu parles, Charles ! Je suis tellement crevée que j'ai envie de vomir.

Inutile de chercher quoi répondre, elle est déjà loin.

Quelques secondes plus tard, à la réception, il tombe sur un autre Couchoux. Bernard, en grande discussion avec la patronne de l'hôtel, chacun d'un côté du comptoir. Le père de Garance, le visage figé dans une grimace de constipé hémorroïdaire, décortique un document qui doit être sa facture.

— Qu'est-ce que c'est que ça, *Nuitée Coz*, cinquante euros ?

— La nuitée de M. Coz. Le monsieur en fauteuil pour qui on a ajouté un lit d'appoint dans votre chambre.

— Je sais qui est M. Coz, merci. Ce que je ne comprends pas, c'est pourquoi ce serait à moi de payer sa nuitée.

— Parce qu'il a dormi dans votre chambre…

— Je suis au courant.

— Et je ne peux sortir qu'une facture par chambre, mon ordinateur ne me permet pas de faire autrement.

— Votre ordinateur ne… Et qu'est-ce que c'est que ça, *Suppl petit-déj Coz*, à dix euros ? Je croyais que les petits-déjeuners étaient offerts.

— Oui, mais c'est un supplément. M. Coz a voulu qu'on lui fasse une omelette. Il ne digère pas les œufs à la coque.

— Et il ne voulait pas un peu de caviar sur ses tartines ?

— Écoutez, je ne vois pas où est le problème, vous réglez pour lui et vous lui demandez de vous rembourser.

— Lui demander de me rembourser, fait Couchoux, que cette idée semble glacer d'effroi.

La patronne tourne la tête vers Romain, visiblement soulagée qu'il lui permette une diversion.

— Je peux vous aider ?

— Oui, comment ça se passe si on veut se doucher ?

— Ça sera dans la chambre de monsieur, justement. La 12. La première sur votre droite, ajoute-t-elle en lui montrant le chemin.

Le père de Garance le regarde à son tour.

— Votre collègue y est déjà mais il doit avoir fini.

Il baisse la tête, la relève aussitôt.

— Et vous ferez attention. Dans la douche, le chaud est très chaud. Je me suis ébouillanté le dessus du pied droit.

Romain les remercie, s'engouffre dans le couloir et se retrouve rapidement devant la chambre 12.

Alors qu'il lève la main pour frapper à la porte, son portable se met à vibrer. Le visage d'Anaïs lui apparaît, il se dit que ça y est, c'est bon, il a assez attendu, suffisamment souffert, il va enfin pouvoir se détendre et envisager d'être heureux. Il plonge une main fébrile dans la poche de sa veste et en sort son téléphone, qui affiche :

> « Au cœur de la nuit »
>
> avec Laurent Lafitte et Anaïs Monod
> en exclusivité sur OCS

Hier matin, à son retour d'Arnay-le-Duc, il a passé deux heures dans son lit à consulter tout ce qu'il a pu trouver sur Internet concernant Anaïs. Message reçu par les algorithmes qui ont bien compris l'importance qu'elle avait prise pour lui et ont identifié un premier produit qui pourrait l'intéresser... Une vague de haine monte en lui. Il s'en prend à son portable comme s'il était responsable en pressant de toutes ses forces la touche de droite pour l'éteindre. Comme ça, c'est réglé, ses yeux ne risquent plus de tomber sur ce genre de SMS qui lui fait à chaque fois l'effet d'un coup de poignard.

Il inspire, se force à des pensées positives – le temps magnifique, voilà, le soleil comme en Espagne, il n'a qu'à penser à ça –, puis frappe trois coups à la porte, qui s'ouvre immédiatement.

Jean-Pierre apparaît, torse nu, une serviette de bain enroulée autour de la taille, se jette sur lui et l'enlace.

Romain, surpris, attend un peu et demande :

— Tout va bien ?

— Chhhhh, fait son collègue.

Quelques secondes s'égrènent au son de sa respiration de fumeur avant qu'il relâche son étreinte et pose les mains sur les épaules de Romain.

— Merci.

— De rien... Merci pour quoi ?

— Merci de ton amitié. L'amitié, l'amour, c'est la même chose, tu sais. Ça vient du même verbe. Aimer, putain, c'est pour ça qu'on est sur la Terre !

Qu'est-ce qu'ils ont tous ce matin ?

— Et merci pour ce que tu m'as donné cette nuit. Tu peux pas savoir comme je me sens bien !

C'est donc ça... Cette nuit, Jean-Pierre a fini par le rappeler pour lui dire qu'il rentrait à l'hôtel. Il avait perdu le contrôle du corbillard dont l'arrière s'était retrouvé dans un cours d'eau, un paysan l'en avait sorti avec son tracteur. Romain n'a pas cherché à en savoir plus, il dormait debout et puis tout s'était bien terminé, le corbillard n'avait que quelques éraflures. Seulement, Jean-Pierre n'était pas retourné chez lui prendre ses médicaments et, comme il était encore fébrile en arrivant à l'hôtel, Romain a cru bon de lui filer un joint qu'il s'était préparé, la veille, en prévision de sa sortie, mais n'avait pas fumé. Jean-Pierre s'en est chargé et n'a pas dû en laisser beaucoup à en juger par ses petits yeux rougis.

— Ça m'a permis à comprendre plein de choses, enchaîne-t-il, en retournant dans la chambre.

Sans prévenir, il retire la serviette, qu'il jette sur le lit. Il doit savoir qu'il est complètement nu devant son collègue, son cerveau a forcément reçu l'information mais ça n'a pas l'air de le déranger. Il baisse la tête, le temps de chercher ses mots, et la redresse d'un coup.

— Par exemple, tu sais ce que j'ai fait ce week-end ? Absolument rien ! J'ai passé deux jours dans mon lit à regarder des émissions où des gens essaient de refourguer des croûtes trouvées dans leur grenier. Quand j'en pouvais plus de la télé, je l'éteignais et me mettais à dormir. Et quand j'en pouvais plus de dormir, je restais simplement allongé, à écouter les bruits de baignoire et de chasse d'eau des voisins. Sympa, hein ? Ça fait envie ! Et tu noteras au passage la grande efficacité des médocs censés combattre la dépression !

Il ne l'a jamais vu comme ça. À poil, il va sans dire, mais surtout, Jean-Pierre ne s'est jamais livré de cette façon. Jusqu'à présent, il appartenait à la catégorie des taiseux, des dépressifs taciturnes qui se traînent dans l'existence comme d'autres dans les magasins où il est clair qu'ils n'achèteront rien, simplement parce qu'ils ont du temps devant eux.

Le taiseux taciturne attrape son caleçon posé sur le lit et l'enfile, au soulagement de Romain qui n'a plus à se forcer à le regarder dans les yeux.

— La dépression, les médocs, tout ça, c'est des postures ! Annonciade est partie et je suis devenu une victime. *Oh, pauvre Jean-Pierre, qu'est-ce qu'il va devenir, lui qui sait même pas faire les pâtes ?* La dépression, je l'ai choisie. Je me suis jeté dedans à pieds joints, bien content de l'avoir trouvée. Au lieu de réfléchir, d'essayer de comprendre. Elle m'a permis de me gaver de médocs, qui m'ont fourni une deuxième bonne excuse. *Oh, pauvre Jean-Pierre, il passe ses week-ends sur son canapé. Bah oui, les médocs l'abrutissent.* Très pratique, les médocs, pour éviter de penser !

Il attrape ses chaussettes, s'assied sur le lit pour les enfiler.

— Annonciade est partie et, je vais te dire, elle a eu raison. Moi aussi je serais parti si j'avais dû me coltiner un type aussi peu inspirant que moi ! Un type qui a renoncé à être heureux, qui a mis de côté toute ambition, qui à cinquante-huit ans a l'air d'en avoir soixante-dix. Franchement, ça fait envie, ça ?

Il s'est levé et tapote sur ses seins qu'on dirait en gélatine.

— Et ça, tu trouves ça séduisant ?

Il pince la peau de son ventre gonflé comme celui d'une femme enceinte de vingt semaines.

— Réponds sincèrement. Tu serais une femme, t'aurais envie de caresser ce ventre ?

— C'est dur à dire, répond Romain, pris de court.

— Eh ben, c'est fini, tout ça ! Les médocs, la dépression, les week-ends dans le canapé ! J'arrête de bouffer comme un porc, j'arrête le tarama, le saucisson, les chips aux crevettes ! Je me remets au sport, je vais courir le matin avant d'aller bosser. Je me bats pour être heureux, pour me montrer digne d'Annonciade. Je suis sûr qu'elle est partie pour ça, pour provoquer un électrochoc. Seulement, moi, comme un con, au lieu de réagir, je me suis effondré ! Il m'a fallu trois ans pour comprendre le message. Mieux vaut tard que jamais, tu me diras…

Il enfile sa chemise, commence à la boutonner.

— On peut se réveiller à cinquante-huit ans, non ? C'est pas vieux, cinquante-huit ans ? C'est pas jeune-jeune mais c'est pas vieux, t'es pas d'accord ?

— Si… Par contre, il faut vraiment que je me lave.

— Je t'en prie, fait Jean-Pierre, en montrant la salle de bains.

Romain s'y réfugie et se déshabille en entendant son collègue continuer :

— Annonciade n'aime pas la Bourgogne, qui la déprime. Elle parlait toujours d'aller vivre dans le Sud, vers Nîmes, où elle passait ses vacances quand elle était petite. Et moi j'étais là : *Bah oui mais c'est pas possible, Castagnier, la maison, gnagnagna.* Quel con, mais quel con ! Bien sûr que si, c'est possible ! On peut tout rendre possible ! Je vais chercher du taf là-bas, dans le Gard. Et une fois que je l'aurai trouvé, j'irai chercher Annonciade. Pardon : le nouveau Jean-Pierre ira chercher Annonciade. Et elle le reprendra. Tu sais pourquoi ? Parce qu'au fond, j'en suis sûr, elle n'attend que ça.

Silence.

Romain entre dans la douche. Des fleurs en plastique ont été collées dans le bac pour prévenir tout glissement. Il trouve l'attention louable et s'apprête à tourner le croisillon de droite quand il entend Jean-Pierre le prévenir, juste à temps :

— Tu feras attention, l'eau chaude est vraiment chaude.

Jean-Pierre Bétremieux

Quand il prend place dans le corbillard, un peu étourdi par la cigarette qu'il vient de fumer trop vite, il se sent vraiment bien. Il pose le doigt sur la touche de contact et, avant d'appuyer, fixe les visages du prêtre et de Mlle Zanella qui, assis à l'arrière, l'observent dans le rétroviseur.

— Ça va être magnifique, dit-il.

Il sent Romain tourner la tête dans sa direction et, se souvenant de ce qu'il lui a dit avant de quitter la chambre (*Fais gaffe, tu planes encore*), il s'empresse d'ajouter :

— Donc, j'ai parlé à mon patron. Il m'a confirmé que les fossoyeurs ont bien repris le travail. L'inhumation va pouvoir avoir lieu ce matin.

Les expressions se raidissent, la veuve tourne la tête vers la vitre. La parenthèse hôtelière est close, la réalité reprend ses droits. Le fourgon démarre et prend lentement la tête d'un cortège qui doit accomplir une distance dérisoire puisqu'il n'y a pas un kilomètre entre l'hôtel et le cimetière. Trajet qui, contrairement à hier, s'effectue dans des conditions météorologiques idéales : temps sec, ensoleillé, légère brise tempérant l'impression de chaleur et faisant s'ébrouer le feuillage des platanes bordant cette portion de route.

Heureux, détendu, parfaitement à ce qu'il fait, Jean-Pierre multiplie les précautions. Lenteur de circonstance, utilisation des feux de détresse, recours aux rétroviseurs. La départementale file droit, mène à un rond-point dont il faut prendre la deuxième sortie, on passe une aire de repos et, voilà, l'adorable cimetière un peu en pente apparaît sur la gauche. Le fourgon se positionne, laisse passer un tracteur venant en sens inverse, puis traverse la route et s'engage sur l'esplanade faisant office de parking où attendent cinq ou six voitures.

— Il y a un autre enterrement, commente-t-il, en s'approchant de l'entrée.

Il s'arrête mais laisse tourner le moteur, le temps que les autres véhicules du cortège arrivent et se garent. Puis il fait demi-tour et recule un peu de sorte que l'arrière du corbillard se retrouve face à l'entrée du cimetière. Les occupants du fourgon sortent et l'air se charge alors d'un accablement, d'une tristesse en parfaite contradiction avec la météo.

Une dizaine de personnes attendent, debout, devant le portail. Parmi elles, les fossoyeurs, deux gars du cru, gros mais surtout costauds, la cinquantaine pour l'un, la petite trentaine pour l'autre. Leur reprocher d'avoir fait grève ne vient même pas à l'esprit de Jean-Pierre qui, en serrant la main de l'aîné, lui demande :

— Il y a un autre enterrement ?

— Non, juste celui de M. Blondeau. Pourquoi ?

Il ne comprend pas ce que ces personnes font là, d'autant qu'elles ne semblent connaître ni la mère du défunt ni sa compagne, mais il a d'autres priorités.

— Tout est prêt ?
— Tout est prêt.
— La tombe est loin ?
— Non, deuxième allée. Elle regarde vers l'est.
— Parfait. Et le chariot pourra passer sur le gravier ?
— Parce que c'est un chariot ?
— Oui, malheureusement.
— Oh, si ça passe pas, on vous aidera à porter le cercueil.

C'est ce qu'il voulait l'entendre proposer. Il le remercie chaleureusement et consulte sa montre. Dix heures douze, ça va, ils sont dans les temps. En relevant la tête, il voit Mlle Zanella venir à lui, son chien dans les bras.

— Excusez-moi, M. Bétremieux. Qui sont ces gens ?

Jean-Pierre se rapproche du groupe et s'adresse à une femme en survêtement de velours noir qui tient un petit bouquet de dahlias rose clair.

— Vous êtes là pour M. Blondeau ?
— Oui, c'est Scooby, répond-elle en mastiquant nerveusement un chewing-gum.
— Pardon ?
— Scooby, le YouTubeur. Vous l'connaissez pas ?

Jean-Pierre fait non de la tête, Mlle Zanella l'imite.

— Il est hyper connu. Il a twitté la vidéo de Garance et a dit qu'on devait lui donner de l'amour et du courage. Alors, comme on habite pas loin, on s'est dit qu'on allait venir.
— Garance Couchoux ?
— Oui, je crois qu'elle s'appelle comme ça. Il a aussi dit que son oncle était un type bien.

Les yeux de la veuve s'embuent instantanément.

— C'était votre mari ? lui demande la femme en survêtement.

— Oui. Enfin, on n'était pas mariés.

— Moi aussi, j'ai perdu mon homme. En 2014. Cancer du pancréas. Je sais ce que c'est de se retrouver seule. Tenez.

Elle lui tend son bouquet de dahlias. Mlle Zanella essuie ses larmes d'un revers de main et prend les fleurs. L'autre, sans prévenir, l'enlace.

— Ça va aller, murmure-t-elle. Son amour va vous donner de la force, vous allez voir.

Dans ses bras, Mlle Zanella fait oui de la tête et la remercie.

Des piaillements se font entendre, le petit groupe frémit : des jeunes filles qui attendaient avec la femme au chewing-gum ont reconnu Garance. Les adolescentes, qui ne se connaissent pas, s'étreignent comme si elles avaient grandi ensemble et, bientôt, tous ceux venus au cimetière à l'incitation de Scooby entourent et réconfortent la nièce du défunt.

Jean-Pierre, ému, prend sur lui.

— Bien, lance-t-il à la cantonade. L'enterrement de M. Blondeau va pouvoir commencer. Je vous invite à suivre ces messieurs.

Les messieurs en question sont les fossoyeurs qui entraînent Garance, ses fans et quelques autres à l'intérieur du cimetière. Mlle Zanella les observe sans bouger, le temps, semble-t-il, de se remettre de ses émotions. Les autres proches restent naturellement auprès d'elle. C'est le moment que Bernard Couchoux choisit pour se rapprocher de sa belle-sœur – si discrètement que, lorsqu'il lui effleure l'épaule en disant son prénom, elle sursaute.

— Pardon, fait-il, je ne voulais pas t'effrayer.

— Ces gens sont venus pour Serge, tu as vu ?

— J'ai vu, oui. Écoute, je voulais te parler d'une chose qui me travaille depuis un moment.

— Là, maintenant ?

— Oui, justement, ça concerne Serge. Je ne sais pas si tu t'en souviens mais en 1998… c'est pas compliqué, c'était pendant la Coupe du monde…

Elle ne l'écoute déjà plus. Elle ne pense qu'au défunt, ce qui semble aussi être le cas du chien qui observe le corbillard comme s'il comprenait que son maître se trouve à l'intérieur.

— Serge venait de sortir de prison, continue Couchoux. Et il était interdit bancaire…

— Non mais dites-moi que je rêve ! Tu vas vraiment lui parler de ça maintenant ?!

Ça, c'est son épouse. Ou, du moins, de ce qu'il en reste. Pas maquillée, à peine coiffée, les yeux pochés, Brigitte Couchoux ressemble à un brouillon de la femme qu'elle était hier.

— Mêle-toi de tes affaires ! lui répond son mari.

— Tu ne pouvais pas trouver un autre moment pour lui parler de ça ?

— Me parler de quoi ? fait Mlle Zanella.

— T'es fatiguée, dit Bernard à sa femme, tu ne sais plus ce que tu racontes. Tu devrais aller te reposer dans la voiture.

— Tu en crèveras, de ton obsession pour le fric !

— Tu peux parler !

L'homme en fauteuil roulant, un foulard en soie bizarrement enroulé autour de la tête, proteste :

— Non mais ça va pas, vous deux ! Vous vous entendez ?

— Toi, ta gueule ! lui rétorque Brigitte. C'est de ta faute si j'ai passé une nuit de merde !

— Depuis quand elle me tutoie, la pute ?

— Ah non ! réagit Mme Vilmotte.

— Calmez-vous, tous ! tranche Mme Blondeau. C'est pas possible d'entendre ces mots près du cercueil de Serge !

— Oh, maman, ça va, hein ! Avec ta copine, là… Et puis papa et le moine de Taizé, sérieusement, tu crois qu'on va gober ça ?

— Si ça te déçoit, j'en suis désolée mais c'est la vérité.

— ÇA N'EST PAS LA VÉRITÉ ! explose sa fille. PAPA N'ÉTAIT PAS COMME ÇA !

Ces mots résonnent dans la campagne pendant plusieurs secondes. Quand le silence revient, Bernard Couchoux tend la main à son épouse.

— Tu te donnes en spectacle, viens.

— Ne me touche pas, tu me dégoûtes ! Avec ton haleine de fosse septique ! Et si tu crois que je t'ai pas vu te branler en regardant Marlène Jobert sur Internet !

— Qu'est-ce que… ?

— Et j'ai vérifié dans ton historique de recherches, y avait écrit *Marlène Jobert jeune nue* !

Elle regarde les autres et se met à hurler, comme s'il s'agissait d'une annonce d'intérêt général :

— MON MARI SE BRANLE EN REGARDANT DES PHOTOS DE MARLÈNE JOBERT SUR INTERNET !

Il lui donne une gifle qu'elle lui rend, plus fort semble-t-il puisqu'il se plie en deux en se couvrant la joue. L'assistance s'émeut, le chien de Mlle Zanella aboie, sa maîtresse le fait taire et, enfin, le beau prêtre intervient. S'interposant entre les Couchoux, il regarde l'une, l'autre et dit :

— Il faut revenir dans l'amour.

— Il a raison, s'écrie Jean-Pierre, c'est pour ça qu'on est sur la Terre !

Personne ne relève. Tous les yeux sont braqués sur la sœur du défunt qui s'est détendue en voyant le prêtre.

— Elle va lui rouler une pelle, commente l'homme en fauteuil, comme s'il regardait un épisode des *Feux de l'amour*.

— Qu'est-ce que tu racontes ? réagit Mme Blondeau.

— Tout à l'heure, à l'hôtel, elle lui a touché la bite et roulé une pelle.

La mère du défunt hausse les épaules.

— N'importe quoi.

— Je sais ce que j'ai vu !

Brigitte Couchoux ne roule pas de pelle au prêtre mais regarde autour d'elle comme si elle sortait d'un cauchemar et, d'une voix blanche, demande à son mari :

— Donne-moi les clés du Scénic.

Il s'exécute en disant :

— Je viens avec toi.

— Pas question.

— Attends, comment on va rentrer, Garance et moi ?

Apparemment, elle s'en fout puisque, pour toute réponse, elle lui tourne le dos et traverse l'esplanade – avec difficulté, ses talons s'enfonçant dans le gravier. Tous l'observent monter dans le monospace, y compris son époux qui attend qu'elle démarre pour se mettre à courir vers elle en l'appelant. En vain, bien entendu. Elle détale dans un nuage de poussière et, sans marquer d'arrêt, déboule sur la départementale, où elle se fait klaxonner par un Duster venant en sens inverse. Très vite, elle disparaît. Son mari ne sait plus où regarder. On dirait un poireau planté à l'entrée du parking.

— Venez, Bernard ! lui lance sa belle-mère. Vous prendrez le TGV au Creusot, on vous déposera à la gare.

— Arrêtez de m'emmerder ! hurle-t-il, avant de se diriger vers la voiture la plus proche – une pauvre C3 qui se trouvait là avant l'arrivée du cortège – et de donner un coup de pied dans l'un de ses pneus arrière.

On n'entend qu'un *Poc !* ridicule mais il a dû se faire mal, c'est un coup à se fouler la cheville. Il n'en montre rien et, boitant juste un peu, s'éloigne dans la même direction que sa femme. À pied, donc. S'il a prévu de rentrer en région parisienne, bon courage, le premier village de ce côté-là n'est pas à moins de dix kilomètres. Et Uber n'est pas présent dans la région.

Quand il n'est plus visible à son tour, Jean-Pierre reprend la parole :

— Bien. Je crois qu'il est important de se rappeler pourquoi on est là. Et, comme l'a si bien dit Gautier, de revenir dans l'amour. Je vous invite donc à retrouver les autres.

Il indique l'intérieur du cimetière où il les laisse se rendre et bientôt ils ne sont plus que deux, Romain et lui, près du corbillard.

— Ça a chauffé, dis donc.

— Oh, tu sais bien. Les enterrements, c'est toujours un peu une thérapie de groupe.

Romain, sur le point d'ouvrir l'arrière du fourgon, s'arrête.

— C'est qui, Marlène Jobert ?

— Toi qui adores le cinéma, tu connais pas Marlène Jobert ?

— Le nom me dit, vaguement.

— C'est une actrice qui a eu son petit succès dans les années soixante-dix. Une rousse, vraiment jolie. Entre nous, Couchoux ne doit pas être le seul à se palucher en matant des photos d'elle.

Romain ouvre le fourgon et, ensemble, ils font lentement glisser le cercueil, qui se retrouve sur le chariot à roulettes. Puis ils disposent les fleurs sur le couvercle. Ça va vite, il y en a peu. Les roses de la couronne ont souffert, la nuit passée dans le corbillard ne leur a pas réussi. Jean-Pierre se demande s'il ne devrait pas enlever les plus abîmées comme il fait parfois…

— C'est bien l'enterrement de Serge Blondeau ?

La question est posée par un petit vieux qu'il n'a pas vu arriver. Il porte une casquette en tweed et son nez ressemble à une pomme de terre oubliée au fond d'un frigo.

— Absolument.

— Je suis M. Bonin. J'étais son instituteur au Creusot. Je l'ai eu quatre ans, de 1962 à 1966.

— Vous avez vu le tweet de Scooby ? demande Romain à cet homme qui doit avoir quatre-vingt-dix ans.

— C'est quoi, ça ?

Jean-Pierre intervient :

— Comment vous avez appris le décès de M. Blondeau ?

— C'était dans le journal.

— Le *Journal de Saône-et-Loire* ?

— Voilà… Ça m'a fait un choc quand j'ai lu ça. Soixante-quatre ans, vous vous rendez compte ? C'est pas un âge pour partir.

— C'est sûr.

L'ancien instituteur observe le cercueil, ses lèvres tremblent et ses yeux clignent.

— Mme Blondeau est venue ? finit-il par demander.

— Bien sûr, lui répond Jean-Pierre, en pointant la direction de la tombe. Allez-y, nous arrivons.

— Partir avant sa mère, si c'est pas malheureux, dit encore le vieil homme, avant de marcher vers le cimetière.

Jean-Pierre referme le corbillard, verrouille les portières puis met son portable en mode avion. En le glissant dans sa poche, il jette un œil en direction de la route et s'immobilise.

— Dis donc, t'as vu ? lance-t-il à Romain.

Une Clio entre sur l'esplanade. Derrière elle, une autre voiture attend pour traverser la route pendant qu'une troisième se range entre deux platanes, le long de la départementale. Ses occupants ont dû penser qu'ils ne trouveraient pas de place sur le parking qui, de fait, est pratiquement plein.

Oriane Vimont de l'Isle

À la sortie d'un village, à cinq ou six kilomètres de Tusy, elle manque de finir dans le fossé. Elle croise une femme en pleurs dans sa voiture arrêtée au bord de la route, tourne la tête pour mieux la voir. La Méhari se met à dévier vers la droite, elle s'en aperçoit à temps mais ça s'est joué à rien.

Il faut dire qu'elle conduit très mal. C'est un fait établi, elle a toujours été une conductrice épouvantable. Du genre à appuyer de toutes ses forces sur l'accélérateur quand une bordure qu'elle ne voit pas empêche la voiture d'avancer. Ou à se garer sur la bande d'arrêt d'urgence en face de Leclerc parce que le parking lui semble complet. D'ailleurs, ses proches refusent de monter dans une voiture qu'elle s'apprête à conduire. Sa mère de quatre-vingt-treize ans lui interdit de venir la chercher, elle préfère payer un taxi pour accomplir la dizaine de kilomètres qui sépare leurs domiciles. Même ses chiens, qui adorent se promener, grimpent à l'arrière à contrecœur quand ils comprennent que c'est elle qui sera au volant.

Il faut aussi dire que sa Méhari n'arrange rien. Ce n'est d'ailleurs pas un problème de modèle ni de couleur, mais d'âge : elle est beaucoup trop vieille. Oriane a pensé en changer plusieurs fois mais y a renoncé en réalisant combien ça lui coûterait. Et puis elle y est attachée. La voiture appartenait à son père qui, avec, a parcouru les pays de l'Est à la chute du Mur, entre autres. Il y a un trou de la taille d'une orange, côté passager, par lequel on voit la route défiler. Le rétroviseur extérieur gauche ne tient que par la grâce de plusieurs couches de gros scotch. Quant au boîtier de vitesses, il est tellement rouillé que, quand elle veut passer la troisième, une fois sur deux, elle est obligée d'y donner des coups de pied. Ce matin, par chance, ça ne s'est pas produit. Tant mieux parce qu'elle n'avait pas besoin de ça. Tout est tellement compliqué depuis deux jours.

La mort de Serge l'a beaucoup affectée, elle n'aurait loupé ses obsèques pour rien au monde. Elle a passé la matinée d'hier à se préparer et est arrivée à l'église, sous la pluie qui traversait le toit de la Méhari, avec un peu d'avance. *La messe commencera à treize heures*, avait prévenu Mlle Zanella. Seulement, à treize heures, rien. Personne. Elle était seule, bêtement assise à un bout de banc, s'étonnant de ne rien voir qui annonçait une messe d'enterrement. Un prêtre a fini par se montrer. Il lui a indiqué qu'il n'y avait pas d'obsèques au programme et, le temps qu'elle se dise qu'elle avait rêvé tout ça, la mort de Serge et le coup de fil de sa compagne, il lui a suggéré de voir du côté de Sainte-Clotilde, une petite église excentrée à laquelle *personne ne pense jamais*.

Ne pouvant vérifier ni sur le faire-part qu'elle n'avait pas reçu ni sur le journal qui n'était pas paru, elle a appelé Arlette qui lui a répondu en pleine cérémonie religieuse. Celle-ci se passait bien à Sainte-Clotilde. Mais, en partant maintenant, Oriane n'aurait assisté qu'à la fin. Elle a donc décidé de se rendre directement au cimetière, où l'inhumation devait avoir lieu à quinze heures trente. Elle y est arrivée une heure avant, juste à temps pour croiser un employé municipal venu fermer le portail. Il lui a expliqué que ses collègues et lui-même avaient décidé de soutenir le mouvement de grève contre la réforme des retraites en cessant le travail jusqu'au lendemain. Elle a attendu qu'il s'en aille pour retourner s'asseoir dans la Méhari et, en serrant le volant des deux mains, pousser un hurlement qui a bien duré cinq secondes. Après quoi, elle a rappelé Arlette, sans succès. Cette histoire de grève avait dû lui filer un coup, elle était rentrée chez elle et ne répondait plus au téléphone.

Elle-même est retournée au château où, pour se détendre, elle a pris soin de ses orchidées. En début de soirée, l'idée lui est venue de rappeler Mlle Zanella qui, cette fois, a répondu. Elle ne l'avait pas fait plus tôt parce qu'elle était sur la route et qu'on ne capte rien entre le Creusot et Tusy. En arrivant au cimetière, la veuve avait appris que l'inhumation était reportée, et ils avaient décidé d'attendre dans un petit hôtel, à un kilomètre de là. Les fossoyeurs devaient reprendre le travail le lendemain, elle la rappellerait pour le lui confirmer. Ce qu'elle a fait ce matin, vers huit heures. L'inhumation était prévue à dix heures. Oriane a remis les fleurs dans la voiture et elle est partie.

Elle croise un homme qui marche seul au bord de la route. Elle lui trouve un air hagard, à la fois triste et rageur, et se dit qu'il doit avoir un rapport avec la femme qu'elle a vue plus tôt pleurer dans sa voiture. Ils semblent traversés par les mêmes émotions. Elle a retenu la leçon et, cette fois, reste droite dans son siège, les yeux fixés devant elle. Elle le laisse filer sur sa gauche et se met à penser à autre chose. Aux vêtements qu'elle porte. Au fait qu'elle sera sans doute la seule à ne pas être en noir. Elle espère que ça ne choquera personne, ce n'est pas fait pour choquer – simplement, elle ne peut pas, ça lui rappelle de trop mauvais souvenirs. Son père et son mari sont morts à trois mois d'intervalle et, pendant quelques années qui sont comme un long tunnel dans sa vie, elle n'a porté que des vêtements noirs, gris ou bleu marine. Elle ne le ferait plus aujourd'hui. Un deuil est assez douloureux comme ça, pourquoi l'assombrir encore en s'habillant triste ?

Et puis Serge était son homme-fleur. Elle le faisait venir pour entretenir son jardin et n'imagine pas porter autre chose à son enterrement qu'une tenue évoquant la nature. Elle a opté pour un haut du même blanc que les hortensias de Virginie qu'il a eu l'idée de planter en massif à l'ombre d'un saule pleureur. Et, pardessus, un grand foulard japonisant où, sur un fond bleu nuit, passent des branches de cerisiers en fleur. Ils discutaient souvent du pouvoir des plantes tous les deux. Ils étaient convaincus qu'elles nous aidaient à vivre mieux et qu'il fallait leur parler, les caresser. *Elles sont sensibles au son et au toucher*, disait Serge. *Et elles adorent la douceur...* Avec qui, désormais, pourra-t-elle avoir ce genre de conversation ?

Ils venaient de mondes différents, elle et lui, leurs histoires n'auraient pas pu moins se ressembler. Et pourtant ils s'accordaient, avaient compris les mêmes choses, tiré les mêmes leçons de l'existence. C'est ce qui rendait leur relation si précieuse à ses yeux.

Dès qu'elle arrive sur le parking du cimetière, elle voit le corbillard, deux hommes en costume-cravate à côté et un bout du cercueil, derrière. Elle ne cherche pas à se garer, ce n'est pas son genre. Elle s'approche d'eux et, quand elle ne peut pas aller plus loin, elle arrête tout simplement la voiture qui se retrouve en travers, entre le corbillard et les autres voitures sagement alignées le long du muret.

— C'est bien l'enterrement de Serge Blondeau ? demande-t-elle, en sortant de la Méhari.

— Tout à fait, confirme le plus vieux des deux hommes, un sexagénaire à tête de fumeur.

Quand elle ferme la portière, le rétroviseur s'en détache comme s'il avait reçu une balle et pendouille, retenu par les couches de chatterton qui le maintenaient en place. Elle s'en occupera plus tard.

— Oriane Vimont, dit-elle, en tendant la main à l'homme qui lui a répondu. Serge s'occupait de mon jardin.

— Jean-Pierre Bétremieux, maître de cérémonie.

— Vous avez vu l'avis dans le journal ? lui demande son collègue, plus jeune et tout en cheveux.

— Non, c'est Mlle Zanella. Je l'ai appelée hier soir. Elle m'a appris que l'inhumation était reportée.

La vision furtive du cercueil suffit à réveiller des souvenirs qu'elle s'efforce de chasser.

— Excusez-moi mais vous pourriez déplacer votre voiture ? lui demande M. Bétremieux. Ou, au moins, vous mettre plus droit, qu'on puisse sortir tout à l'heure.

— Bien sûr. Juste…

Elle se rend derrière la Méhari, soulève la bâche à l'arrière.

— Je peux vous demander de m'aider à décharger ça ?

Ils la rejoignent et découvrent la demi-douzaine de bouquets d'hortensias blancs qu'elle a confectionnés hier matin.

— Elles sont belles, ces fleurs, dit M. Bétremieux.

— Ça vient de chez vous ? demande l'autre.

— Oui. C'est Serge qui les a plantées, ça fait quelques années maintenant.

— Je savais pas qu'il était jardinier.

— Oh, il ne l'était pas vraiment. Je le faisais venir pour tondre la pelouse, élaguer les arbres, nettoyer les allées à l'automne. Et comme il adorait les fleurs, il s'en occupait aussi.

Elle hésite et ajoute :

— J'ai fait sa connaissance à une époque douloureuse. Je venais de perdre mon père et mon mari coup sur coup. Je me laissais plus ou moins mourir et le jardin était dans le même état. Serge lui a redonné vie, littéralement. Et à moi aussi par la même occasion.

M. Bétremieux tourne la tête dans sa direction.

— C'est beau, ce que vous venez de dire.

— Ah, merci.

— On va les sortir, intervient son coéquipier, et les fossoyeurs nous aideront à les transporter.

Il se penche en avant pour attraper un premier bouquet quand un bruit de moteur les fait se retourner tous les trois.

Un minibus, qui traverse l'esplanade, vient s'arrêter près du corbillard, de l'autre côté de la Méhari. Sur sa portière, un logo : trois fleurs mauves au cœur jaune au-dessus d'un nom inscrit dans une typo classique, en italique, *Les Primevères*.

La porte s'ouvre en faisant un bruit de bouteille de Coca qu'on décapsule. Une femme se montre, la trentaine énergique, cheveux courts peroxydés, look de randonneuse.

— C'est Serge ? demande-t-elle, en désignant le cercueil.

— Oui, répond M. Bétremieux. C'est M. Blondeau.

— On n'est pas en retard, alors ?

Sans attendre de réponse, elle aide une femme à descendre, une femme très âgée vêtue d'une robe d'été bleue à qui il faut du temps pour mettre un pied à terre. D'autres personnes, aidées par un accompagnateur, sortent par l'arrière du fourgon et bientôt une vingtaine de pensionnaires entourent le cercueil. Des vieux, toutes sortes de vieux. Des femmes, des hommes, des grands, des petits, certains alertes, d'autres se cramponnant à leur déambulateur. Beaucoup se tiennent par la main, la plupart ont apporté une fleur.

— Serge était notre chauffeur, explique l'accompagnatrice. C'est une chance que l'enterrement ait été reporté parce que je suis la seule à pouvoir conduire le bus en dehors de lui. Et, hier, je pouvais pas, je passais un concours.

— Vous avez appelé Mlle Zanella ? lui demande le jeune employé funéraire.

— Oui, enfin, non. C'est elle qui nous a appelés hier soir pour nous dire que c'était reporté et voir si on ne pouvait pas trouver une solution. Elle savait que les pensionnaires tenaient vraiment à dire au revoir à Serge.

En entendant ce prénom, la femme à la robe bleue se couvre la bouche d'une main. L'accompagnatrice l'étreint tout en observant le cercueil et, dans un léger rictus qui semble être l'expression par défaut de son visage, demande à M. Bétremieux :

— Vous le connaissiez ?

— Pas personnellement, non. On est juste des pompes funèbres. Mais madame…

— Moi, oui, dit Oriane. Il s'occupait de mon jardin.

— Ah, c'est chez vous qu'il allait… C'était un type bien, non ? Généreux et tout.

Oriane agite la tête de haut en bas.

— Il gagnait toujours au *Uno*, lance un des pensionnaires.

— Et à *La Bonne Paye*, ajoute une autre.

L'accompagnatrice sourit.

— Et puis il était beau. Enfin, moi, je le trouvais beau, avec ses yeux bleus et son air un peu sauvage. Il me faisait penser à un cow-boy.

Oriane ravale ses larmes et dit :

— Un cow-boy… Vous avez raison, c'est exactement ça.

Marie-Pierre Vilmotte

Seigneur, que notre prière monte vers toi. Pour Serge, qui a quitté la vie terrestre afin que son passage par la mort le conduise dans ton amour…

Hier, ils étaient douze et, ce matin, il y a tellement de monde que les plus vaillants ont grimpé sur le muret entourant le cimetière pour y voir quelque chose. C'est à cause de l'avis paru dans le journal, a expliqué M. Bétremieux. Et aussi parce qu'un gars célèbre qui fait des vidéos a dit que Garance avait besoin d'amour et de courage. On prétend que les jeunes ne savent pas vivre, c'est bien la preuve du contraire. Si elle savait comment s'y prendre, elle le remercierait, ce gars qui fait des vidéos. Elle lui ferait des crêpes, tiens, personne ne résiste à ses crêpes.

À l'église, ils se répétaient que ça n'a pas d'importance, douze personnes à un enterrement, mais c'était pour se rassurer. Douze personnes ou une cinquantaine comme maintenant, ça fait une drôle de différence. Il suffit pour le comprendre de voir Arlette sourire à travers ses larmes quand elle regarde tous ces visages. La mort, c'est une grande frayeur pour tout le monde, ceux qui vont partir comme ceux qui restent, et plus on est nombreux au moment où elle frappe, moins on en a peur, c'est aussi simple que ça.

Seigneur, écoute notre prière pour Serge, qui nous était si proche et nous a quittés. Que son souvenir soit vivant dans nos cœurs...

Le départ de Brigitte a contrarié Gilberte. *D'accord, ils s'entendaient pas, n'empêche que c'est sa sœur, elle devrait être là.* Marie-Pierre, à son bras, a tenté de la réconforter : *Elle t'appellera dans dix jours, vous ferez comme si rien n'était arrivé et ce sera très bien comme ça.* Elle n'y croyait pas vraiment mais c'est tout ce qu'elle a trouvé à dire. Gilberte n'était pas convaincue et, comme elle n'est pas du genre à dire autre chose que ce qu'elle pense, elle n'a rien répondu.

Là-dessus, le plus jeune des croque-morts est venu leur dire que, les gens continuant d'arriver, ils attendraient un peu avant de commencer, et elles sont allées s'asseoir sur un banc, à l'ombre d'un cyprès. Une femme très chic enveloppée dans un grand foulard bleu a rejoint Arlette et l'a serrée longuement. *Qui c'est ?* a demandé Marie-Pierre. *La dame chez qui Serge allait tondre, je pense*, a répondu Gilberte. Juste après ont débarqué les vieux des Primevères, bien émus, eux aussi. En file indienne, comme ça, certains se tenant par la main, on aurait dit des écoliers en sortie.

Là, comme si ça ne faisait pas assez d'émotions, Gilberte s'est couvert la bouche de la main et a dit *C'est pas possible.* Elle venait de voir sa fille qui était revenue avec Bernard. Brigitte est allée embrasser Arlette, elles ont parlé un peu puis elle a enlacé Garance. Après quoi, elle a rejoint Gilberte, l'a prise dans ses bras et ne l'a plus lâchée. *Excuse-moi*, qu'elle disait, *j'ai été tellement nulle.* Et Gilberte : *Mais non, mais non, tu es revenue, c'est l'essentiel.* Pendant ce temps, Bernard, dans tous ses états lui aussi, avait pris les mains de Marie-Pierre et les secouait de haut en bas. *Pardon de n'avoir pas compris tout de suite que vous étiez un couple, hier soir.* Marie-Pierre, qui avait complètement oublié, l'a pardonné volontiers. *Ne vous en faites pas*, lui a-t-elle répondu, avant d'entendre Brigitte murmurer à l'oreille de sa mère : *J'aurais tellement aimé qu'on soit plus proches.* Elle parlait de son frère, évidemment.

C'est alors que les employés funéraires, aidés des fossoyeurs, ont apporté le cercueil. À l'épaule, cette fois, alors qu'hier ils le poussaient sur un chariot en fer. Ils ont refait un voyage pour prendre des bouquets d'hortensias qu'ils ont déposés autour, on aurait dit que le cercueil flottait sur les fleurs, c'était assez joli – et les proches se sont rassemblés. Marie-Pierre a pris le bras de Gilberte. Brigitte a embrassé sa fille sur la tête et l'a serrée contre elle. Bernard a posé la main sur l'épaule de Dédé, assis dans son fauteuil. Le prêtre s'est avancé et ça a commencé.

Que notre prière monte vers toi, Seigneur, pour Serge. Tu sais mieux que nous les richesses qui ont illuminé sa vie, tu connais aussi ses faiblesses...

Le cercueil est en chêne foncé, *vernis finition satinée* – ça, elle l'a lu dans le catalogue des pompes funèbres. Il est orné d'une plaque en métal argenté portant l'inscription *Serge Blondeau 1955-2019.* Dessus est posée la couronne d'Arlette et Gilberte où s'entrelacent roses, marguerites, arums et œillets blancs. En travers passe un ruban lamé vert foncé où est écrit *À mon fils, À mon compagnon.* Hier, Gilberte lui a demandé si elle ne trouvait pas que ça prêtait à confusion. Elle a répondu que non vu que c'était écrit sur deux lignes mais c'était pour la rassurer. En vérité, *À mon fils, À mon compagnon*, écrit sur une ou deux lignes, c'est vrai que c'est gênant, on se demande forcément si le fils n'était pas aussi le compagnon de sa mère.

La pierre tombale est en granit noir, décorée d'une petite croix à laquelle Gilberte a tenu même si son fils n'était pas croyant. La stèle, assortie, imite un mouvement de vague. Un médaillon y est incrusté dans lequel Serge apparaît souriant, bronzé, pas encore trop marqué. On dirait un acteur américain. Arlette, qui a choisi la photo, a raconté qu'elle a été prise dans un camping du Var, l'été 1998. Les premières vacances de Serge après sa sortie de prison, les premiers moments qu'ils passaient ensemble ailleurs que dans un parloir, ce qui explique le bonheur qui y transparaît. En dessous sont gravés son nom, ses années de naissance et de décès, et cette inscription choisie aussi par Arlette : *Dans nos cœurs pour toujours.*

Seigneur, écoute notre prière, accorde à Serge qui nous quitte aujourd'hui la plénitude de ta vie et de ta joie, oublie ce qui a pu ternir son regard et son cœur, regarde ce qui a été le meilleur de son existence.

Qu'elle est belle, cette prière, et qu'il est beau le silence qui lui succède. Elle ferme les yeux pour s'en imprégner et n'entend plus qu'un toussotement discret.

— Mes amis, reprend le prêtre, écoutons maintenant Louna, Elsa, Océane, Michèle et Alain, rendre hommage à Serge, leur voisin et ami.

Il cède alors la place aux Vitali. En les apercevant, Marie-Pierre réalise qu'elle les a vus hier à l'église mais pas à l'hôtel, plus tard. Elle se penche vers Gilberte et lui glisse à l'oreille :

— Ils étaient où, cette nuit ?

— Dans leur voiture, je crois.

Ça devait être quelque chose, ces cinq-là dans une voiture, même grande…

— Attendez ! fait Arlette.

Elle a confié Elvis à Garance et s'est approchée des Vitali.

— Pardon mais, avant, je voudrais dire un mot.

Elle n'a jamais paru plus menue que devant ce cercueil. Elle couvre l'assistance du regard et se lance :

— Hier soir, à l'hôtel, j'ai eu besoin de voir Gautier. Je suis allée le trouver et ce qu'il m'a dit m'a fait beaucoup de bien. Quand je suis revenue dans ma chambre, je souffrais moins. J'ai eu envie de me rappeler tout ce que j'aimais chez Serge. Je me suis mise au bureau pour l'écrire et, cette liste, je voudrais vous la lire.

— On vous aime, Arlette ! lui lance Mme Vimont.

— Moi aussi, je vous aime, lui répond-elle, en dépliant une feuille de papier. Alors, voilà... *Ce que j'aime chez Serge... Ses mains et ses jambes, que je trouve très belles. J'aime sa barbe, toucher sa barbe, la sentir sur mon visage quand on s'embrasse. J'aime son torse aussi. Quand je l'ai vu la première fois, j'ai trouvé qu'il ressemblait à celui d'un acteur de cinéma et j'arrivais pas à croire que je l'aurais pour moi toute seule. J'aime poser ma tête dessus et écouter les battements de son cœur. Franchement, je crois que c'est le son que je préfère au monde. J'aime la chemise en jean qu'il mettrait tous les jours s'il pouvait et le tee-shirt Groupama qu'il porte depuis des années pour dormir même s'il a plein de trous parce qu'il le trouve doux. J'aime le tablier « C'est moi le chef » qu'il a acheté en pensant se mettre à cuisiner et qu'il n'a porté qu'une fois, ce qui n'est pas plus mal parce que la cuisine et lui, comment dire, c'est pas ça. J'aime les surnoms qu'il me donne : mon moineau, ma lélette, ma caillette, ma crevette, ma belette. Moi, je ne l'ai jamais appelé autrement que Serge mais je sais maintenant ce que ce prénom veut dire pour moi : mon homme, mon amour, ma vie. J'aime qu'il m'a fallu moins d'une seconde quand je l'ai vu la première fois pour comprendre que c'était le bon. J'avais rien, je pensais que je n'aurais jamais rien et avec lui, j'ai tout reçu, tout eu. J'aime qu'il soit grand et fort, et moi tout le contraire. J'aime qu'à l'hôtel à Sainte-Maxime en 2001, le lit s'est cassé quand il s'est assis dessus. Je crois que je n'ai jamais autant ri de ma vie. J'aime quand il me parle des pensionnaires des Primevères, qu'il me raconte les conversations qu'il a avec eux ou qu'il rentre un peu tard parce qu'ils ont fêté un anniversaire. J'aime quand il dit que les handicapés, les malades et les SDF sont les vrais héros de la société, qu'ils devraient être tout en haut de la pyramide, qu'ils ne le seront jamais et que c'est une chose qui le rend triste. J'aime qu'il comprenne la misère parce qu'il l'a vécue, parce qu'il a eu faim et froid, parce qu'il est tombé et s'est relevé à chaque fois. J'aime qu'il ramène un oisillon blessé à la maison, qu'il ressorte pour aller en vélo acheter de la pâtée spéciale pour le nourrir et qu'il ne dorme que d'un œil, la nuit suivante, pour voir s'il va mieux.*

J'aime quand il me dit qu'il n'a pas pleuré quand on regardait E.T. *alors que j'ai très bien vu les larmes sur ses joues à la fin. J'aime quand je suis assise et qu'il pose la main sur mon épaule en passant derrière moi. J'aime quand il se promène nu chez nous. Je trouve ça sexy et j'aime qu'il se sente assez à l'aise pour le faire. J'aime quand il est dans le jardin et que je l'observe par la fenêtre sans qu'il le sache. Je donnerais beaucoup pour savoir à quoi il pense dans ces moments-là. J'aime voir des photos de lui quand il était petit. C'était vraiment un beau petit garçon – pas vrai, Gilberte ? J'aurais aimé le connaître déjà à cette époque. J'aurais aimé ça parce que ça m'aurait permis de passer plus de temps avec lui dans cette vie.*

Elle plie la feuille, relève la tête, réfléchis.

— Ce que je viens de vous dire, ces choses que j'aime chez lui, c'est bête mais il ne le sait pas. Je lui ai jamais dit. C'est pas facile d'admettre qu'on apprécie d'être appelée ma lélette ou ma belette. Le résultat, c'est qu'il est parti sans le savoir. Oh, il se doutait bien que je le détestais pas, mais c'est quand même mieux de dire les choses. Donc, ce que je voulais vous dire, c'est ça : les gens que vous aimez, n'attendez pas pour leur dire. Parce qu'après il est trop tard, on se retrouve à faire des listes à trois heures du matin et à les lire bêtement devant un cercueil.

Elle rejoint les autres. Gilberte l'embrasse, Garance aussi, elle récupère son chien et, pendant quelques secondes, le silence est total. Tous ont l'air de méditer ce qu'elle vient de dire, y compris un moineau qu'on entendait piailler jusque-là.

Puis Gilberte se mouche et on entend quelqu'un gémir. C'est Dédé qui, dans son fauteuil, secoue sa tête enturbannée comme s'il venait de comprendre que son ami était mort. Les Vitali se remettent en place et, d'abord, c'est un peu déroutant. Le chef de famille, bouche entrouverte, émet un son. Trois des femmes qui l'accompagnent l'imitent, tous produisent la même note, chacun dans sa tonalité. C'est très joli, cette harmonie, très réussi, c'est comme une route droite filant dans un paysage. Quand l'un s'arrête pour reprendre son souffle, les trois autres font qu'on n'entend pas de rupture. On se dit qu'ils ne vont faire que ça, pourquoi pas si c'est leur manière d'exprimer leur peine, et alors quelque chose se passe. La petite dernière, qu'on n'a pas encore entendue, se met à chanter. Elle doit avoir sept ou huit ans, sa voix est haute, aérienne, c'est comme un oiseau, une hirondelle qui vole au-dessus de la route, s'en approche par moments, s'en éloigne à d'autres, accélère puis ralentit.

Faut pas pleurer comme ça,
Demain ou dans un mois
Tu n'y penseras plus...

C'est une chanson de Daniel Guichard, qui était l'idole de Serge. Il avait tous ses disques, des posters dédicacés et même plusieurs selfies avec lui. À ceux qui lui disaient qu'il avait disparu de la circulation, il se faisait un plaisir de répondre qu'il allait très bien et que, avec trois cents concerts par an, il n'avait jamais autant tourné. Après quoi, il racontait comment ils avaient économisé avec Arlette pour aller le voir deux soirs de suite à Chalon.

Faut pas pleurer comme ça,
Aujourd'hui c'est pour toi
Que nous sommes venus...

C’est un beau cadeau que lui font les Vitali. Marie-Pierre les imagine chez eux, à la Grenouillère, se demander comment ils vont rendre hommage à leur voisin qui vient de mourir, choisir cette chanson et se mettre à répéter. Cette image d’eux cinq chantant dans leur mobile home la bouleverse, elle ne sait pas trop pourquoi. Elle ferme les yeux et, alors, se retrouve avec Serge. C’est la première fois que ça lui arrive depuis qu’il est mort et, à vrai dire, la première fois tout court. Elle ne le connaissait pas très bien, ça ne faisait pas si longtemps que leurs chemins s’étaient croisés. Et puis elle n’était pas complètement à l’aise avec lui, elle se sentait un peu coupable d’être amoureuse de sa mère. Eh bien, pendant cette chanson, ces réserves n’existent plus, elle n’éprouve plus qu’amour pour lui. Elle le regarde longuement, pleine de compassion. Puis elle prend sa main, la garde dans la sienne et lui dit : *Bon voyage*.

Romain Baratte

En dix-huit mois de pompes funèbres, c'est la première fois qu'il a autant de mal à retenir ses larmes et il voit bien que, pour Jean-Pierre aussi, c'est difficile. Tous ces gens qu'on n'attendait pas et qui sont venus, les mots de Mlle Zanella, la chanson de la môme à la voix d'ange. Et puis il y a une chose qu'il se demande s'il est le seul à avoir remarquée : le york dans les bras de sa maîtresse, son air paniqué quand ses yeux se posent sur le caveau, l'air de dire *Attendez, vous avez mis mon maître là-dedans ?* Il a dû se forcer à ne plus le regarder, ce chien, il lui faisait trop de peine.

La mise en terre, qui est toujours le moment le plus éprouvant des obsèques, est passée. On en est à l'étape suivante, dite du *dernier regard* : les personnes présentes se succèdent devant le caveau dans lequel elles sont invitées à jeter une poignée de terre, des fleurs ou tout ce qui leur semble y avoir sa place. Ce n'est pas hyper joyeux, on ne défile pas devant le cercueil en faisant la chenille, mais on a franchi un cap. On sait où reposera le défunt dont le cercueil est de moins en moins visible. Le chapitre de la séparation se referme doucement, un autre s'ouvre qui sera plus long et pas moins douloureux, celui de l'absence.

À voir les proches défiler, il réalise qu'il s'est attaché à eux. Un enterrement crée toujours des liens mais passe trop vite, en général, pour qu'on s'en aperçoive. Celui-ci a duré deux jours avec une nuit à l'hôtel au milieu. Ils se sont confiés, écoutés, réconfortés, ils se sont fait peur, rire et pleurer. Ce matin, il a un peu l'impression qu'ils font partie de la même famille…

Son portable se met à vibrer dans sa poche.

Il l'a rallumé tout à l'heure, en arrivant au cimetière. Évidemment, il n'avait rien reçu. Cette fois, on lui a écrit mais il ne regardera pas. Si c'est pour découvrir un message de Darty, de Netflix lui proposant de voir *Mort d'un jardinier portugais* en exclusivité ou de Bouygues lui signalant qu'il a consommé 0,8 Go sur son forfait de 1 Go, non merci. Ça va comme ça, l'humiliation. De toute façon, il a tourné la page Anaïs. La preuve, son portable vibre et ça ne lui fait rien, aucune émotion particulière. Ça veut bien dire ce que ça veut dire. Il est passé à autre chose. Romain Baratte ne sera jamais en couple avec Anaïs Monod. Ça va, y a plus grave sur la Terre – des guerres, des virus, des incendies spectaculaires…

Sauf que le portable se manifeste à nouveau.

Pas de panique, ce doit être sa mère. Ça fait un moment qu'il n'a pas vu ses parents, elle doit l'inviter à déjeuner le week-end prochain (SMS n° 1) et veut savoir s'il est toujours végétarien (SMS n° 2). Ça peut attendre.

Mais voilà une troisième salve de grésillements.

Bon, c'est une urgence. Quelqu'un a eu un accident. Son père a glissé dimanche en pêchant dans la Genise, on l'a transporté à l'hôpital, on n'a pas prévenu Romain parce qu'on pensait que c'était bénin, mais son état s'est détérioré subitement et on craint maintenant pour sa vie. Il est peut-être déjà trop tard. Il doit lire ses messages.

Les pensionnaires des Primevères défilent devant le caveau. On dirait un remake de *Cocoon*. Vifs ou ralentis, seuls ou soutenus, tous bouleversés, ils passent devant la fosse avant d'aller, deux mètres plus loin, adresser leurs condoléances à Mlle Zanella et à Mme Blondeau. Autrement dit, Romain pourrait danser le gangnam que personne ne ferait attention à lui.

Il se retourne, sort discrètement son portable de sa poche. Il a reçu trois SMS envoyés par un même expéditeur, un 06 pas enregistré dans ses contacts. Ce n'est donc pas Anaïs qui lui écrit – d'ailleurs, quelle importance ?

Romain ! Comment ça va ?

Je ne sais pas si tu as cherché à me joindre, j'ai laissé mon portable dans le TGV hier matin 🙄

Une amie m'a filé son portable et la sœur de Flavien m'a redonné ton numéro

Et voilà qu'en direct arrive un nouveau message :

> Je vais au festival de La Rochelle ce week-end, on pourrait s'y retrouver.

Un autre :

> Non ?

Et encore un :

> Signé Anaïs (avec qui tu as parlé des Weetabix, de corps putréfiés et des films de Claude Lelouch l'autre soir à Arnay-le-Duc) 😉😚

Il glisse le téléphone dans sa poche et, comme en apesanteur, retourne près de la fosse devant laquelle se succèdent maintenant les anonymes, ceux qui ont appris la mort de M. Blondeau par le journal ou par Scooby.

La file n'avance pas, elle est ralentie un peu plus loin par ceux qui adressent leurs condoléances à la compagne et à la mère du défunt. Romain observe, stoïque, les sourires désolés, les regards aimants, les mains qui serrent et ne lâchent plus – et il se retient d'y aller, d'enlacer Mlle Zanella et de lui glisser à l'oreille qu'elle sera heureuse à nouveau, qu'il ne faut pas qu'elle l'oublie, que c'est comme ça que ça marche, que la vie nous balance des caillasses et, quand on ne s'y attend plus, quand on se dit qu'on ne recevra que ça, des caillasses, ce sont des fleurs qu'elle répand sur nous, des fleurs de cerisiers japonais comme sur le foulard de la dame à la Méhari.

Ses yeux croisent par hasard ceux plissés de Garance, presque cachée par Mme Blondeau. Elle a compris. Il ne laisse rien paraître de sa joie, il a les mains jointes et l'air tragique de circonstance, et pourtant Garance a senti qu'une joie immense le submerge, elle semble même avoir compris qu'Anaïs n'y est pas étrangère. Ce doit être une histoire d'aura.

Il lève la main dans sa direction, elle lui répond d'un signe de tête avant que sa grand-mère ne la cache complètement. Il détourne le regard, pose les yeux sur le tas de terre, à côté du caveau. Mais ce n'est pas ce monceau de terre rousse qui lui occupe l'esprit, ni la stèle à côté avec son effet vague et son médaillon dans lequel M. Blondeau a l'air tellement heureux. Non, il est en train de se demander quel est le moyen le plus simple d'aller à La Rochelle quand on vient du Creusot.

Dix jours après

Arlette Zanella

Bonjour, Arlette, c'est Mme Butaud. Est-ce que vous pourriez me rap...

3.

Message effacé... Message reçu le 10 juillet à 14 h 40... Mademoiselle Zanella, bonjour. Mireille Simonnot à l'appareil. Alors, comme j'avais plus de vos nouvelles, ma fille m'a donné les coordonnées d'une dame qui a l'air très bien. Et comme elle vient de Torcy, c'est plus pratique pour...

3.

Message effacé... Vous n'avez pas de nouveau message...

Elle jette le téléphone sur la petite table, se renfonce dans le fauteuil et fait signe à Elvis, qui saute sur ses cuisses.

Qu'elles aillent au diable, ces vieilles peaux dans leurs appartements cossus. Elle n'est pas retournée travailler depuis l'enterrement, n'a prévenu personne et n'a aucune intention de faire l'un ou l'autre. Elle ne voit pas comment elle pourrait bosser en ce moment, elle pleure tout le temps. Vous l'imaginez épousseter les santons de la mère Butaud ou passer l'aspirateur dans les couloirs de la Socotec en larmes ? Rien que l'idée de monter sur son vélo pour aller au Creusot lui donne envie de retourner se coucher.

Jusqu'à la fin de l'enterrement, elle a tenu le coup, donné le change. Elle n'avait pas le choix, il y avait toujours une chose à faire, quelqu'un à voir, une décision à prendre. Et puis elle est rentrée à la Grenouillère, elle a vu le fauteuil en osier dans lequel Serge fumait sa cigarette, le soir, et tous les fils ont lâché. Depuis, tout ce qu'elle arrive à faire, c'est se traîner sous le porche, s'asseoir dans le fauteuil et attendre en caressant son chien, le regard perdu sur l'étang. Dans les vêtements de Serge. C'est très important, ça. C'est venu le lendemain de l'enterrement. Il a fallu qu'elle s'habille, elle a attrapé un des tee-shirts de Serge, l'a enfilé et s'est sentie mieux. Enfin, moins mal. Ils sont beaucoup trop grands mais quelle importance. Même propres, ils ont conservé son odeur. Plusieurs fois au cours de la journée, elle a l'impression qu'il est là, tout près. Ce n'est pas vrai, on est d'accord mais ce mensonge inoffensif rend son quotidien un peu plus supportable. Un tee-shirt le matin et, le soir, quand le vent se lève, sa chemise en jean par-dessus. Il la portait tout le temps, il suffit de la toucher pour avoir l'impression de le toucher. La chemise en jean, le paquet de cigarettes à portée de main, et voilà, les soirées se passent comme ça, à se souvenir et à pleurer, à pleurer et à parler.

Oui, parce qu'elle parle. À elle-même, à son chien, à Serge, et même à Cannelle, le chat obèse des Vitali, qui est une fois et demie gros comme Elvis et passe plus de temps de son côté que chez lui. Aujourd'hui, son truc, c'était l'enterrement. Toute la journée, elle était là-bas en pensée, à Sainte-Clotilde et à Tusy. Elle était bien d'accord avec elle-même : ça avait mal commencé mais qu'est-ce que c'était beau, cette deuxième journée avec ce soleil, tous ces gens, toutes ces fleurs et la chanson des Vitali. Et puis elle a remporté une grande victoire personnelle. Ça, ils n'ont pas dû être nombreux à l'avoir remarqué. Quand, en préparant les obsèques, le père Anselme a proposé qu'elle lise un texte à l'église, elle a accepté sans réfléchir. Il lui a prêté un recueil dans lequel elle a choisi un poème. Quelques jours plus tard, elle s'est retrouvée sur l'autel pour le réciter et elle n'a pas pu. Parler en public, elle n'a jamais réussi et l'enterrement de Serge n'allait rien y changer. Elle voyait tous ces yeux qui la dévisageaient – ceux de Brigitte, en particulier, qui l'a toujours intimidée – et il était clair qu'elle ne pourrait pas aligner trois mots. Ou si, justement, seulement trois mots, *Serge, je t'aime !* jetés en pâture à l'assistance avant de retourner s'asseoir. Mais, le lendemain, tout était différent. Les gens étaient venus, nombreux, tous la regardaient avec respect, bienveillance, même Brigitte. Ses peurs sont tombées à ses pieds comme un vieux manteau, l'envie de lire le texte qu'elle avait écrit pendant la nuit est devenue irrésistible et elle s'est sentie si libre et si forte en le faisant qu'elle n'avait plus envie que ça s'arrête. Ce plaisir, elle ne l'avait éprouvé dans aucune situation jusque-là. Elle y pense parfois, dans les moments de répit que lui concède sa peine, elle y pense et se dit qu'au fond l'idée qu'elle se fait d'elle-même, celle d'une femme discrète et introvertie, n'est peut-être pas si conforme à la réalité.

À propos de Brigitte, elle a quitté Bernard après l'enterrement. C'est Gilberte qui le lui a appris. Oui, parce que Gilberte est venue la voir, avec Marie-Pierre. Elles ont débarqué un soir de la semaine dernière, soi-disant pour voir avec elle quel jour l'arrangeait pour le rendez-vous chez le notaire. En vérité, Arlette ne répond pas au téléphone et Gilberte voulait certainement vérifier qu'il ne lui était rien arrivé. Elle a vu l'état de la maison, le courrier dans la boîte, la vaisselle dans l'évier, elle a vu qu'Arlette portait les vêtements de son fils et elle lui a dit qu'il fallait qu'elle se prenne en main. Elle lui a même proposé de venir à la messe avec elles. Arlette a eu envie de lui répondre que, pour elle, la mort de Serge, c'était comme avoir un couteau dans le cœur et qu'on ne propose pas à quelqu'un qui a un couteau dans le cœur de se prendre en main ou d'aller à la messe. Gilberte a senti qu'il était inutile d'insister. Marie-Pierre, qui avait commencé à nettoyer, a arrêté et elles sont parties sans avoir bu leur café.

Donc, Brigitte a quitté Bernard. Ils étaient à peine rentrés à Saint-Brice qu'elle a jeté des affaires dans une valise et est repartie sans dire où elle allait. Deux jours plus tard, Bernard, Garance et Gilberte ont reçu un e-mail, tous les trois le même, de sa part. Elle l'avait envoyé d'un hôtel où elle s'était installée, à Paris. Elle expliquait que l'annonce que sa mère avait faite à Tusy lui avait ouvert les yeux et qu'elle avait décidé d'arrêter de mentir. Elle voyait un homme depuis quelque temps et voulait reprendre sa liberté, histoire de voir si leur relation tenait la route. Elle s'excusait encore de s'être *comportée comme une conne* à l'enterrement et, à la fin, insistait pour que ce message soit transmis à Arlette, dont elle n'avait pas l'adresse.

Elle aurait dû avoir de la peine en lisant l'e-mail que Gilberte avait imprimé pour elle mais la vérité, c'est qu'elle s'en fout. Elle l'a lu une fois, très vite, sans éprouver grand-chose. Il n'y a pas de place en elle, en ce moment, pour les histoires des autres. Les seuls à trouver un peu grâce à ses yeux sont les Vitali. Elle va les voir parfois. Ils habitent à côté, c'est pratique, elle peut même y aller en chaussons. Ils sont contents de la voir mais n'attendent rien d'elle, c'est ça qui lui plaît. Elle a de la peine, elle vient là quand c'est trop dur, et voilà. Elle s'assied, dans leur canapé et ne fait rien d'autre, vraiment, que de sourire à qui passe devant elle. Chez eux, la vie continue. Il y a toujours une machine en route, un plat en train de mijoter ou quelqu'un au téléphone. Et, des fois, ils chantent. Ils se réunissent près de la fenêtre, chacun avec sa partition, et se mettent à répéter. En ce moment, ils travaillent sur *Bahia* de Véronique Sanson. C'est magnifique, surtout quand ils arrivent à *Et je t'aime, caresse-moi.* Ce passage lui donne des frissons à chaque fois.

Elle en est là quand il arrive.

Un taxi bleu nuit, qui s'arrête sur la route longeant le terrain. Elvis se met à aboyer et elle à grogner. Qui est-ce qui vient encore l'emmerder ? C'est pas parce que Serge est mort que ça leur donne le droit de se pointer sans prévenir à toute heure du jour et de la nuit !

D'abord, rien ne se passe, le moteur continue à tourner dans le vide, le passager doit être en train de payer, et puis le chauffeur se montre et se dirige vers le coffre dont il extrait deux grandes roues, un fauteuil plié, le fauteuil roulant de Dédé, qui ouvre une des portières arrière et, apercevant Arlette, lui fait signe de la main.

— Hello !

Elvis, qui l'a reconnu, quitte les genoux de sa maîtresse et court à sa rencontre. Elle y va elle aussi mais plus lentement et le retrouve à mi-chemin.

— Il m'a pris quarante-trois euros, l'enflure, et il attendait encore un pourboire… Comment ça va ?

— Bof.

— Tu réponds plus au téléphone ?

— Non.

Elle a plus de plaisir à le voir qu'elle pensait. Ça lui manquait de parler à quelqu'un. Et puis Dédé était le meilleur ami de Serge. Le voir, c'est un peu une façon d'être avec lui.

— Je t'offre un thé ?

— Pourquoi pas ?

Elle l'aide à monter les deux marches du porche et à franchir le seuil de la porte. En découvrant l'état de son intérieur, il a la même réaction désolée que Gilberte, la semaine dernière. Mais, comme c'est Dédé, il donne le change.

— Je vais avoir une nouvelle oreille. J'ai reçu l'accord de ma CPAM. Ça va vite maintenant avec Internet.

Arlette remplit la bouilloire et l'allume.

— Je suis sûr que c'est Elvis qu'a bouffé l'ancienne. À l'hôtel, pendant que j'étais dans la piscine. Je l'avais posée sur le bord. Quand je suis sorti de l'eau, elle y était plus.

Elle ne répond rien. Elle vient de s'apercevoir que sa boîte de thé est vide.

— Hein, c'est toi qu'as bouffé mon oreille, envoie Dédé à Elvis. Saloperie !

Arlette se retourne.

— Je pensais que j'avais du thé mais j'en ai plus.

— C'est pas grave.

— De l'eau, c'est tout ce que je peux te proposer.

— De l'eau, c'est parfait.

Il laisse traîner son regard du côté du salon, ses yeux s'attardent sur le volet roulant baissé, le canapé transformé en lit une place, la table basse encombrée de lettres et d'albums photo. Mais, cette fois encore, il fait comme s'il n'avait rien vu.

— T'es au courant de ce qu'a fait la môme ?

Arlette, qui n'a plus de verre propre, en rince un.

— La môme ?

— La fille de Brigitte, son prénom m'échappe.

— Garance ?

— Garance. Elle a trouvé le disque de Serge sur un site Internet qui vend des vieux trucs. Elle va le mettre sur le site, là, où les jeunes balancent leurs vidéos. Et comme maintenant elle a vingt mille abonnés, ça veut dire qu'il y a vingt mille personnes qui vont entendre la chanson de Serge. Au moins.

— C'est bien, fait Arlette en lui tendant son verre d'eau.

Après quoi, elle s'allume une cigarette qu'elle commence à fumer, les fesses appuyées contre le plan de travail.

— T'es venu du Puisoux pour me dire que Garance avait trouvé le disque de Serge ?

Il pose le verre sur la table.

— Non. Je suis venu te remettre quelque chose. Mais, d'abord, je dois m'assurer que tu n'es pas debout.

— Hein ?

— Assieds-toi, s'il te plaît.

Ce n'est plus tout à fait le même homme. En une phrase, il est devenu grave.

Arlette tire une chaise, y prend place. Dédé se penche alors sur le côté et attrape une enveloppe qu'il avait glissée sous son pantalon, au niveau de la ceinture, directement contre sa peau.

— Serge me l'a confiée quand il était à l'hôpital et m'a fait promettre de te la donner dix jours après son enterrement. On est le 12, il a été enterré le 2, ça fait dix jours.

Il lui tend la lettre qu'elle prend en ayant l'impression que sa tête se vide de son sang.

— Pourquoi il me l'a pas donnée directement ?

— Je peux rien te dire.

L'enveloppe est dans un sale état, à la fois fripée et courbée. Dessus est écrit *Arlette*. Elle ne reconnaît pas l'écriture de Serge.

— Je peux la lire maintenant ?

— C'est même recommandé.

Elvis, à ses pieds, la regarde. Elle recule un peu sur la chaise et le fait grimper sur ses cuisses.

Puis, avec l'ongle de son pouce, elle décolle le rabat de l'enveloppe qui vient facilement.

Serge Blondeau

Ma lélette,
Mon amour,

Si tout se passe comme je l'espère, tu dois être assise, Elvis sur les genoux et Dédé pas très loin. De mon côté, je dois être sous terre depuis une dizaine de jours. Je ne sais pas encore comment ça fait mais je suis sûr que je préférerais être chez nous, assis sous le porche, à regarder aux jumelles les carpes sauter dans l'étang tout en t'entendant fredonner dans la maison. Je me rassure en me disant que, même enterré à Tusy, je dois encore être un peu à la Grenouillère. On ne peut pas aimer quelqu'un comme je t'aime et le quitter d'un coup, complètement, alors qu'on n'en a pas du tout envie, ça me semble tout à fait impossible.

Je ne vais pas faire dans le larmoyant, ne t'inquiète pas. L'objet de cette lettre n'est pas de te faire pleurer mais de te raconter une histoire que tu ignores et qui, quand tu la connaîtras, va te changer la vie.

Tu te souviens quand j'ai rendu visite à Francis à la prison de Draguignan en février ? Il avait un cancer de la gorge et voulait dire adieu aux gens qu'il aimait. Comme c'était le seul des Lyonnais que j'appréciais, j'ai emprunté leur R19 aux Vitali et suis allé dans le Sud malgré ma fatigue qui était déjà grande.

Je ne te l'ai jamais dit mais, en quittant la maison ce matin-là, j'ai attrapé le courrier que j'ai lu plus tard, en prenant un café le long de l'A6. Il y avait deux enveloppes. Une facture d'eau, je crois bien, et une lettre du docteur Andrieu qui demandait que je le contacte de toute urgence. C'est drôle mais, en lisant ça, sans rien savoir, j'ai eu un flash dans lequel j'ai vu ce qui m'attendait, la gravité de mon état et le peu de temps qui me restait. J'ai repris la route et l'ai appelé plus tard, en arrivant à Marseille, où Francis était soigné. Andrieu m'a expliqué qu'il essayait de me joindre depuis un moment sans y arriver, et pour cause, je m'étais trompé en lui donnant mon numéro de portable. Quant à l'adresse qu'il avait, c'était l'ancienne, celle des Cornillons. Il avait fini par trouver la bonne en appelant les impôts. Mes examens du mois de janvier n'étaient pas bons, les radios montraient des taches sur mes poumons, on devait se voir le plus vite possible. On a pris rendez-vous le mardi suivant et je suis allé voir Francis. J'aurais pu t'appeler mais je me voyais mal t'annoncer une nouvelle pareille par téléphone, je me suis dit que je le ferai à mon retour.

Ça a été une journée sinistre. Comme tu le sais, Francis était en train de crever. Trois jours plus tard, c'est à la morgue que j'aurais dû me rendre pour le voir. On aurait dit un blessé de guerre. Sa gorge était tellement pourrie qu'ils y avaient fait un trou à sa base pour qu'il puisse respirer et avaient mis un micro devant sa bouche pour entendre ce qu'il avait à dire.

Mais, même comme ça, j'avais du mal à le comprendre. On a parlé – moi, surtout. Il voulait savoir ce que je devenais, ce qui me rendait heureux. Je lui disais un truc, il me demandait « Et quoi d'autre ? » Il voulait éprouver une dernière fois ce qu'il y avait de beau dans cette vie, ce qui en faisait le prix. Ça a duré un moment et je me suis arrêté. Il a senti que j'étais pas loin de partir, alors il m'a demandé de m'approcher et m'a raconté ce qui suit.

Après le coup de La Roche-sur-Yon qui a si mal tourné, il a été l'un de ceux qui ont le plus casqué. Je ne sais plus combien il a pris exactement. Ce que je sais, c'est qu'à sa sortie, en 2011, il n'a pas attendu trois semaines avant de remettre ça en participant au braquage de Van Cleef à Monaco. Tu t'en souviens peut-être, c'est arrivé le jour où on est allés à Confo acheter le nouveau canapé de ta mère. Le coup a été un fiasco, comme beaucoup de ceux auxquels Francis a participé. Faut dire aussi, braquer en plein jour une bijouterie de luxe dans la ville la plus friquée et la mieux gardée du monde... Y avait trois gars en plus de lui, les trois se sont fait prendre dans la demi-heure qui a suivi. L'un d'eux a été filmé jetant dans les buissons les bijoux qu'il avait pris, rappelle-toi, on l'a vu à la télé.

Francis, lui, a réussi à échapper aux caméras de surveillance et, pendant quelques heures, on a perdu sa trace. Au lieu de courir comme les autres, il a marché tranquillement. Il s'est réfugié dans un parking, enfermé dans un local technique et a attendu en priant pour que personne ne vienne ouvrir. La police pensait qu'il avait réussi à quitter la ville alors qu'il était planqué tout près de la bijouterie. C'est ce qui explique qu'en sortant de là, au milieu de la nuit, il a pu marcher un moment sans être inquiété. Plus ou moins décidé à aller en Italie, il a longé la côte en se cachant dès qu'une voiture se pointait et en évitant le faisceau lumineux de l'hélicoptère qui survolait la zone.

Il a dû faire quatre ou cinq kilomètres quand, de loin, il a vu une voiture de police qui venait tranquillement dans sa direction. Les flics avaient compris qu'il était toujours dans le secteur. Bêtement, il s'est retrouvé coincé. Sur sa droite se trouvait une balustrade qui surplombait la plage d'assez haut. Il se serait blessé en sautant par-dessus, c'est sûr. Et l'autre trottoir, bordé par un immeuble, ne permettait pas non plus de se tirer. Quant à rebrousser chemin, c'était retourner dans le secteur de la bijouterie – autrement dit, repousser le moment de son arrestation. Et puis, il avait déjà plus de soixante-dix ans : cavaler, se planquer n'était plus de son âge. Il a décidé de se rendre. De s'arrêter et d'attendre, les mains en l'air, que la police arrive. Mais, avant ça, il a voulu se séparer de ce qu'il avait sur lui. C'est toujours mieux de se faire cueillir les poches vides. C'était pas grand-chose, trois petites pierres qu'il a cachées dans la première planque qu'il a trouvée : le panneau signalant l'entrée dans la ville de Roquebrune-Cap-Martin. Derrière, dans le rebord que forme la tôle, en bas. Une seconde plus tard, les phares de la voiture de police l'éblouissaient.

Il a pris perpète et la suite de son histoire n'est qu'un lent effondrement. Il y a trois ans, on lui a diagnostiqué un double cancer et, fin 2018, on l'a transféré à l'hôpital de Marseille, d'où il savait qu'il ressortirait les pieds devant. Il lui arrivait bien de penser aux pierres planquées dans le panneau de signalisation mais il ne voyait pas avec qui partager son secret. Et, de toute façon, il était sûr que, depuis le temps, quelqu'un les avait récupérées. C'est d'ailleurs sans conviction qu'il m'en a parlé. « Tu devrais aller », « Avec un peu de chance »... Pourquoi moi, alors que ça faisait vingt ans qu'on ne s'était pas vus ? Il n'avait personne, pas de compagne, pas d'enfant, et a dû se rappeler qu'il m'aimait bien, je ne vois pas d'autre explication. Tu sais comment c'est, il y a des gens loin de nous, dans le temps, dans l'espace, qu'on estime bien plus que ceux qu'on voit tous les jours.

J'ai failli ne pas y aller, à vrai dire. L'idée de me taper deux cents bornes en plus dans la R19 des Vitali ne m'emballait pas. J'avais envie de dormir et puis je ne voyais pas comment trois diamants, même petits, pouvaient avoir passé huit ans derrière un panneau de signalisation sans que personne ne tombe dessus.

L'endroit a été facile à trouver. Arrivant de Marseille, j'étais sur la même route et dans le même sens que si je venais de Monaco. Et Francis m'avait bien renseigné. « Tu verras, c'est avenue Princesse-Grace. Y a un pin parasol derrière le panneau, s'il a pas été coupé, et un immeuble rose pâle sur ta gauche, s'ils l'ont pas repeint. » J'étais lessivé, déprimé. J'avais mal au bide et à la tête. En moins de vingt-quatre heures, j'avais fait sept cents bornes, appris que j'avais des taches sur les poumons, vu un ami qui était sur le point de mourir et m'étais embarqué dans l'un des plans les plus foireux de mon existence, ce qui n'est pas peu dire. Et, en plus, on ne peut pas s'arrêter sur cette route. J'ai dû aller me garer à Pétaouchnok et revenir à pied, sous la pluie qui commençait à tomber.

J'ai passé la main derrière le panneau et suis tombé dessus tout de suite. Trois cailloux, pas plus gros que l'ongle de mon annulaire, qui attendaient là depuis huit ans. Je ne pouvais pas croire ce qui m'arrivait. Je me suis mis à trembler et à avoir mal au ventre, et c'est comme ça que je suis retourné à la voiture, tremblant comme une feuille et courbé en deux. J'ai dû faire trente bornes jusqu'à une aire de repos où je me suis garé face à la mer et, assis dans la voiture, j'ai attendu que le jour se lève. Je regardais ce que j'avais dans la main, qui était d'une beauté indescriptible. J'avais l'impression d'avoir remporté la première victoire de ma vie, à soixante-quatre ans. Mes maux de ventre et mes tremblements avaient cessé en même temps que la pluie. Le ciel était limpide et la lumière étincelante, ce matin-là.

De retour chez nous, je ne t'en ai pas parlé. Je ne voulais pas te dire de conneries ni te donner de faux espoirs. J'ai demandé à Dédé s'il avait gardé des contacts dans le milieu des diamantaires. Sans poser de questions, il m'a donné un nom : Georges Hazlan, à Anvers. « Un peu vieux mais très bien, discret et tout. » J'ai pris des photos des pierres, je les ai envoyées à ce monsieur en indiquant leur taille, leur aspect, etc., et je suis passé à autre chose : mon cancer. Examens, chimio, rémission, rechute, je te fais pas de dessin, tu étais à mes côtés, tu as vécu tout ça comme si ça t'arrivait à toi. Les pierres, j'y pensais plus trop, d'autant qu'Hazlan ne m'avait pas répondu. Je me suis dit qu'il avait changé de numéro ou qu'il était mort. J'avais la tête ailleurs : je me préparais à mourir.

Et puis, il a fini par m'écrire. Avant-hier. Trois mois et demi après mon message. C'est drôle parce que tu étais là, à l'hôpital, quand le téléphone a vibré. Tu m'as même tendu le portable. Son message était court, il disait : « Pardon pour le retard mais je voulais être sûr de ne pas vous répondre de bêtises. Il s'agit apparemment de trois beaux radiants. Je vous épargne les caractéristiques techniques mais, si les données que vous m'avez transmises sont correctes, on n'est pas en dessous de 200 000 € la pierre. Si vous les avez toujours et que ça vous arrange, je peux me déplacer. »

J'ai lu ça alors que tu étais là, en face de moi. Tu rangeais des vêtements que tu avais apportés de chez nous. Je t'observais en me disant que tu étais devenue riche et j'ai décidé de me taire. Ça aurait fait beaucoup d'émotions fortes et contradictoires, moi qui étais en train de mourir et cet argent qui allait te tomber dessus. J'ai pensé que c'était mieux de te laisser digérer une nouvelle avant de te donner l'autre. Et Dédé est de mon avis. Oui, parce qu'il est dans la confidence. Comme je ne peux pas écrire, je lui dicte cette lettre qu'il te donnera après mon enterrement. Il t'aidera aussi à récupérer l'argent. Tu peux compter sur lui, il est doué pour ce genre de choses. Il me paraîtrait normal de lui filer un petit pourcentage de ce que tu vas récupérer mais il refuse (il fait non de la tête tout en écrivant). À toi d'insister. Les roues de son fauteuil sont voilées et son appart aurait bien besoin d'un coup de peinture…

Tu vois, ma lélette, il y a des vies où tout arrive à la fin. Jeune, j'étais persuadé que j'allais devenir quelqu'un, faire de grandes choses. Je me suis lancé avec confiance, arrogance et n'ai connu que l'humiliation. Mes échecs me jetaient à terre avec plus de violence à chaque fois, si bien qu'à un moment je n'ai plus eu la force de me relever. J'avais renoncé à expliquer ce qui m'arrivait et je crois que j'ai eu raison. Il n'y a pas grand-chose à expliquer. On est jeté dans cette vie comme un caillou au hasard, et la suite dépend surtout de l'endroit où on est tombé. On n'est jamais pour grand-chose dans ce qui nous arrive. La preuve, je ne suis pour rien dans ce qui m'est arrivé de meilleur : toi et ces trois cailloux.

Je pars en me disant que tu ne seras plus dans le besoin et rien ne pouvait me faire plus plaisir. Je t'en prie, profites-en. Éclate-toi. Casse nos réveils, fais la grasse matinée. Appelle ta patronne la plus chiante, celle qui te demandait de nettoyer ses pieds de table, et demande-lui de venir nettoyer les tiens. N'aie pas peur, tu es plus audacieuse, plus aventureuse que tu ne crois. Va passer du temps à Paris, voyage en Espagne, descends dans les hôtels et les restaurants qu'on ne voyait qu'en photo. Glisse-toi dans des draps en satin, bois du champagne en contemplant l'Alhambra. Fais-toi servir, pouponner, paie-toi des soins exorbitants. Fais faire du papier à ton nom, du linge à tes initiales (« AZ », tu ne peux pas laisser passer ça). Et surtout ris, ris autant que tu peux, souviens-toi que c'est le meilleur médicament et la réaction la plus saine, la plus sensée, à tout ce qui nous arrive.

Je pourrais te dire au revoir, à tout à l'heure, ce genre de choses, mais je ne veux pas te mentir. Je vais survivre un peu grâce à toi, parce que tu m'aimes et que tu penseras à moi, et puis ce sera fini, j'en ai peur.

Avant cela, sois-en sûre, ton prénom aura été le dernier mot que j'aurai prononcé et ton visage la dernière image à passer dans mon esprit.

Je t'ai aimée plus que tout,

Serge.

J'allais oublier : j'ai mis les cailloux derrière l'aérateur de la salle de bains. Tu retires la grille délicatement, elle vient toute seule, tu verras. Les cailloux sont derrière, dans le conduit.

Une dernière chose, qui n'a rien à voir. Je peux me tromper mais j'ai l'impression qu'il y a quelque chose entre ma mère et Mme Vilmotte. Vendredi, elles ont débarqué dans la chambre alors que je dormais. À mon réveil, elles regardaient par la fenêtre et il me semble qu'elles se tenaient la main. Je n'ai plus le temps de creuser la question mais, si effectivement elles sont ensemble, rassure Gilberte. Dis-lui, s'il te plaît, que rien ne pourrait me rendre plus heureux que de la savoir amoureuse.

Remerciements

À Réjane Mathey, de PFG Chalon-sur-Saône, pour son aide précieuse et sa disponibilité qui lui a fait répondre sans ciller à des questions comme *Est-ce qu'un cercueil plongé dans l'eau prend l'eau ?*

À Marie Misandeau, Philippe Héraclès et Arnaud Hofmarcher dont la confiance et l'amitié m'honorent.

Et à Jean Le Gall, dont je suis si heureux d'avoir croisé le chemin.